我的母親手記

わが母の記

井上靖——著
吳繼文——譯

目次

我的母親手記

花之下

一

父親是五年前，他八十歲時過世的。他在升任少將軍醫後隨即辭官退役，回到故鄉伊豆❶繭居度日，那時他行年四十八。之後三十多年，他的工作就是耕種屋後的一小塊田，種些蔬菜供夫妻倆自己吃。以他從陸軍退役時的年齡，如果有開業的意思，一點問題也沒有，但他絲毫沒有這樣的念頭。太平洋戰爭時期，開設了不少軍隊所屬的病院或療養所，到處鬧軍醫荒，多次有人找他去哪裡哪裡擔任院長，父親總是以年紀老大為由婉拒，似乎一旦脫掉軍服就再也沒有重新穿上的意思。他領有退休俸，基本上不會有餓肚子的顧慮，但因為時局而來的物質上的困頓還是難免，如果繼續在醫院任職，也許生活就不會日漸窘迫，反而可以過著完全不一樣的日子。我想不止是經濟上變得寬裕，也可以認識各式各樣的朋友，兩個人老來生活也因此會過得更多彩多姿些吧。

有一次從母親來信得知，又有軍醫院來敦請父親考慮復出，我還非常認真地回了一趟老家，想當面勸勸父親，結果什麼也沒說就走了。看到六十歲之後急劇消瘦下來的父親，穿著打了補丁的農作服走向菜園的背影，只覺得這個人已經和外面的世界完全無緣，也不必勉強了。也是這次回家聽到母親說，自從父親歸隱故鄉後，幾乎很少走出自己的房子和田地範圍之外，偶爾有鄰居到訪，他雖不至於擺一張臭臉，卻從來沒有到別人家裡走動過。相隔不遠的地方，散居著三、四家親戚，除非發生什麼不幸的事，否則他一概不往來。不止如此，他根本連走到家門前的馬路都不願意。

父親本來就不喜社交，非常孤僻，這我和弟、妹們很早就知道，只是沒想到幾個孩子陸續離鄉、各自有了家庭，和父母的生活逐漸疏遠以後，父親的這種個性隨著年紀增長，變得比我們所想像的還嚴重許多。

❶泛指本州中部介於駿河灣和相模灘之間、面向太平洋的半島，地理上屬於菲律賓海板塊最北端，行政區畫上屬於靜岡縣，以溫泉地帶聞名。

正因為是這樣的父親吧，所以也從來沒想過提供孩子什麼樣的幫助，此外領取退休俸本來多少可以糊口，但終戰之後時代完全不一樣了，甚至有段時期還停發退休俸，後來雖然恢復發放，可是俸給金額變少，而且幣值也貶了，我每個月固然也寄些錢回去，但我很清楚父親非常不想接受奉養，說得誇張點，拿孩子的錢對他而言簡直比死還難受。父親從不浪費一分錢，即使資助他的錢超過生活所需，但除了基本花費外，他絕不多花一分一毫。戰後他一方面種田、養雞，甚至自己做味噌，從沒花錢買過副食品。當兒子、女兒陸續找到工作獨立生活以後，每次見面都會為這種事數落他，批評他的不通情理，但一點也沒辦法改變他的生活態度。做兒女的總想讓父母在晚年過著比較舒適的日子，可給他寄錢他也不花，幫他買衣服、棉被什麼的，大概覺得舊的不用可惜，於是新的多半收起來，難得拿出來，結果我們只能送些吃的東西。食物不吃會壞，他到底是會吃的，也不會不准母親吃。

父親八十年的生涯堪稱潔身自愛，雖說不曾施恩於人，但也不會傷害別人教人懷恨。想想他三十年的隱棲生活，可以說白紙一張。他過世之後翻開他的存摺，裡面的餘額差不多正好夠他和母親的葬儀所需。父親是以養子的身分成為井上家一員的❷，他所承繼的家族房產，也就直接留給我這個長子。在陸軍服役期間所買的家具什物，似是在戰後一件件賣掉了，剩下來的沒一樣值錢的東西。儘管如此，家族所傳承的物件，寢具、櫥櫃之類的，倒也一件不少。父親既沒有增添家族的財產，也沒有減損分毫。

我從小就離開父母身邊，由祖母一手帶大。雖說是祖母，其實毫無血緣關係，她是醫生外曾祖父的姨太太，名叫綉。外曾祖父過世後，綉的戶籍歸入我們家，以母親養母的身分另立門戶。這當然是一輩子過得旁若無人的外曾祖父想當然爾的安排。

因此綉在戶籍上就是我的祖母。小時候我都叫這個祖母「阿綉奶奶」，以便和當

❷在日本，「養子」為「養子緣組」的簡稱，收養人將沒有血緣關係的男子納入戶籍成為養子，在民法上具有等同於親生子的地位。通常是為了與自家女兒結婚、繼承家業，類似入贅。

時還在世的外曾祖母，還有我的外祖母有所區分。我叫外曾祖母「老奶奶」，外祖母則逕稱為「奶奶」。我之所以會交給阿綉奶奶來帶，並沒有什麼特別的理由，是當時還年輕的母親懷了妹妹，家裡人手有點不足，於是暫時將我託給故鄉的阿綉奶奶照顧，結果變成我整個童年時代都和阿綉奶奶一起生活。我想對阿綉奶奶而言，身邊有個孫子，讓她在家族中不明確的身分多少有點保障，加上她年紀也大了，孤單的生活大概少不了我的陪伴。至於我嘛，也就是個五、六歲的小孩，整天黏著疼我的奶奶，自然不會特別想回到父母的身邊。我爸媽呢，生了妹妹之後很快又懷了弟弟，多一個我只會礙手礙腳，所以也不急著把我帶回去。

阿綉奶奶是在我小學六年級的時候去世的，她走了之後我才離開故鄉，回到有爸媽、弟妹等成員的家中。我在父親供職的地方就讀初中，由於父親再度調任，我和家族共住的時間不到一年又中斷了，我不得不轉學到離故鄉不遠的初中，住在學校宿舍。初中畢業後，除了一年浪人生活❸，以及高中一年，總共兩年和家人住在一起外，很快又因為父親的調職，以致之後再也沒有和爸媽、弟妹們共同生活的機會。因此對父親而言，在一起生活這點上，我是一個緣淺的孩子，然而父親對我卻和其他三個一直待在他身邊的孩子毫無差別。不管任何情況他都力求公平，而且他並不是勉強自己這麼做，孩子離得遠所以沒什麼感情、住在一起因此特別疼愛之類的分別心，在他身上是看不到的。對自己的小孩和親戚的小孩也是這樣，他的不偏心、沒有大小眼超乎想像，說得極端點，自己的兒子、女兒也好，認識不久毫無血緣關係的小孩也好，他照樣一視同仁。在兒女眼中，只覺這樣的父親冷淡，但在旁人看來，卻是一種溫暖。

父親在七十歲那年罹癌，基本上手術算是成功，十年後復發，他臥床半載，人一天天衰弱下去，為高齡之故，不得不放棄二次手術。死只是時間的問題，將近一個月每天都像要隨時撒手而去。兒子、女兒們各自備了喪服放在老家，之後就是懷著

❸浪人本意為沒有主人、失去俸祿的武士，現在多指失業，或考試失利、暫時沒有學校就讀的學生。

等病人什麼時候咽下最後一口氣的心情，在故鄉和東京之間來來回回。我在父親死前一日回去看望他，聽醫生說看樣子再撐個四、五天不會有問題，於是當晚又趕回東京，沒想到父親就在那晚走了。父親到最後頭腦都清清楚楚，不管是要招待探病的人吃什麼，還是關於訃聞的注意事項，他無不對身邊的人詳細交代。

和父親最後一次見面，臨走前向他稟報，說我這就回東京去了，兩三天後還會再來，正說著父親竟將他瘦削的右手從棉被裡面顫巍巍舉起，向我伸了過來。由於過去從來沒做過這樣的事，我一時反應不來，不知道父親到底想做什麼。我將父親的手放在自己手中，接著父親握住了我的手，看起來就是兩隻手不經意地交握著，然而接下來的瞬間，我的手似乎被輕輕頂了一下，就好像垂釣時，釣竿尾端突然傳來微妙魚信的感覺，我倏地將手縮了回來。我不確定剛剛是怎麼回事，不過那裡面肯定包含了父親類似瞬間意志之意。想到我是那樣感動地握著父親的手，卻又突然被推開，好像在說「這是在幹嘛」，父親的舉動讓我納悶不已。

這個事件，在父親過世後好長一段時間，都還在我腦海不斷浮現。我怎麼都放不下，常試著推想各種可能。也許父親自知死期將近，想向我表示父子間最後的親密之情，可是等他握住我的手時，頓時對自己這種念頭感到厭惡，於是就把我的手推了回去，如此解釋應該是合理的。對我來說，這樣想是最自然不過了。也可能是，父親對我出手握住他這個動作感到不快，於是立刻中止本來想對我表達的關愛之意，放開了他的手。不管是哪一個，唯一可以確定的，就是父親對我的手那種微細難以察覺的推頂，無非想把兩人意外拉近的距離再度回復到原先的狀態。我覺得這樣最像我所知道的父親，而這樣的父親也沒什麼不好。

可是另一方面，我又一直無法消除「將手抽開的是我」這個想法。說不定是父親，也可能是我。那記冷漠的魚信，或許父親毫無所覺，應當由我來概括承受。不如此，就不會有足以說服自己的結論。在死神逼近的當下，反而變得感傷多情、扭扭捏捏的，那也太不像父親您了。您不可以對自己的孩子那樣伸出手來，所以最有可能是我悍然將短暫握住的手給推開的吧。這樣的解釋，讓我每思及此，都痛苦不堪。

我困在與父親之間這個小小的事件中，左思右想了不知有多少回，最後還是解脫了，那魔咒是毫無徵兆突地消失無蹤的。當我想到，說不定父親在墓中對這個只有你知我知、兩人之間短暫而曖昧的互動，同樣不得其解時，突然有一種解脫之感。和我一樣，父親或許在另外一個世界，也是對那輕微魚信的意味苦思個不停吧。在這樣想像的過程中，我第一次認識了一個在父親生前不太瞭解的自己。是的，我就是父親的孩子，而父親就是我的父親。

自從父親過世後，我不時發現自己許多和父親相似的地方。父親還在的時候，我從來不認為自己像父親，周遭的人也都說我和父親性格正好相反。先不管我從學生時代開始，就有意識地和父親唱反調，刻意採取和父親完全不一樣的生活方式，從根本上看來，我沒有一點像父親的地方。父親天生個性孤僻，我卻是從來不缺朋友，學生時代我活躍在運動社團，總是哪裡熱鬧就往哪裡鑽。這種個性在大學畢業成為社會人之後，依舊沒變。直到和開始隱棲生活的父親年齡相當時，我想都沒想過要像父親一樣避居故里，斷絕一切和外界的往來。雖然我在四十五歲左右也離開了報社，以作家身分重新出發，但父親在差不多我這年紀時，卻是整個切斷了與社會的聯繫。

儘管如此，父親走了之後，我竟然無來由地覺得，其實自己身上到處可見父親影子。每當從屋側敞廊走下庭院時，我都會和父親一樣，伸腳在那裡找木屐。在起居室打開報紙，我們也都是前傾上身讀報。伸手拿香菸時，我甚至會因為整個動作太像父親，下意識地急急把菸放回去。每天早上對著洗臉台的鏡子，拿安全剃刀刮完鬍子後，將沾著肥皂泡的剃鬚刷放在水龍頭下沖洗，刷毛部分的水會用手指加以擠壓，我告訴自己，這做法不就是和父親完全一樣嗎？

這些表情或動作和父親很像也就罷了，我甚至懷疑會不會連思考也落入父親的模式。當我工作的時候，總有幾次會離開書桌，到敞廊的籐椅上坐坐，胡思亂想些和工作完全無關的事情，這時我都會抬眼，看著不遠處一棵老櫸木有如傘蓋般伸展的枝椏。父親也是這樣，窩在老家敞廊籐椅上的父親，總是抬眼，看著樹梢的枝椏。我突然覺得，這姿勢就像在守望眼前的深淵。父親是不足也曾悚然沉浸在即將沒入深淵的危懼中？就是這些讓我感到自己身上父親的因子，也因為有這樣的體悟，我開始更多地思考父親這個人。我和父親一次又一次面對面，頻繁地促膝而談。

也是在父親死後，我才第一次意識到，父親還充當一個角色——庇護我遠離死亡。當父親還在的時候，我似乎懷抱一種並未清楚察覺的心態：父親還活著，以致我從未思考過自己的死。父親一不在了，我突然發現死亡和自己之間一下沒了阻隔，可以看得一清二楚，不管願不願意，對死亡之海的一部分再不能視而不見，也明白接下來就輪到自己上場了，這是在父親亡故之後才知道的。因為父親活著，做為他孩子的我得到有力的庇護。然而它並非來自父親主動的意願，在這件事上，無涉人類的算計或父母子女的親情。只因為是父親和兒子，自然產生那樣的作用，正因為如此，這無疑是所謂親子最純粹的意義。

父親死了，我才開始將自己的死當做並不很遠的事件加以思考。不過我的情況是，母親依舊健在，死亡之海的半邊還讓她給遮著。只有到母親也過世了，我和死亡之間豎立的屏風才會完全移除。到那時候，死亡肯定將以迥異於現在的面貌，逼近我的眼前。

母親如今也來到父親辭世的年紀了。母親差父親五歲，今年正好八十。

二

父親歿後立刻要面對的問題是母親今後生活的安排。父親過世之後，母親獨居故鄉的老家。我們四個兄弟姊妹裡面，大妹住在三島，我、弟弟、小妹則散居在東京市區。母親完全沒有意願離開父親退隱後一住三十多年的老地方，可是從兒女角度看，任由老耄的母親獨居也不是辦法。母親健康狀態非常好，雖生得矮小，腰桿卻不見彎曲，稍一活動活動即臉泛紅光，一點不像個高齡老太婆。眼睛方面，不用戴眼鏡就可以讀報紙；臼齒雖然缺了一兩顆，假牙卻是一顆沒裝過。身體固然很健康，可是她從父親去世前兩三年開始，記憶衰退得很厲害，同樣一件事會兩次、三次重複說個不停。父親對於丟下母親一個人顯得非常不放心，直到他嚥下最後一口氣之前，只要有人來探望他，他都不忘拜託人家好好照顧母親。我對父親如此放心不下母親感到有些不解，等母親獨居以後，我才明白父親為何會這麼擔心。不和母親住在一起不知道，只要同住個幾天，就會發現母親頭腦受老化侵蝕的嚴重程度超乎想像。待在她身邊五分、十分鐘聽她講話，大概不會發現什麼異狀，但只要對坐個一小時，你會發覺聽到的盡是同樣的內容。不管是她自己說的話，或是別人的回應，她瞬間忘個精光，才沒多久，又開始重複剛剛的內容。她的遣詞用字本身並沒有什麼奇怪的地方，所觸及的話題，對迥異於父親、年輕時代起就善於交際的她而言，也很正常。當她在寒暄問及別人近況時，表達的方式總是具有一種母性的溫柔特質。因此如果你只聽這麼一次，絕對不會相信她的頭腦由於老化已經部分銹蝕，直到目睹她以同樣表情一再重複同樣的話，你才不得不接受那是異常。

一直到父親逝世周年忌之前，母親都是和猶如孫輩的年輕女傭一起住在老家。等周年忌結束以後，經過一番勸說，她最後才百般不情願地移居東京，入住小女兒也就是我最小的妹妹桑子家。由於某些緣故從夫家搬出來，開了一家美容院養活自己的桑子，同意把母親接來同住。東京還有我和弟弟兩家，但與其讓媳婦照顧，母親寧願選擇女兒。住進女兒家，是母親同意移居東京的條件。

住到東京以後，母親同樣一句話說了又說的現象更加頻繁了。每次桑子來我家，總是提到對這件事的無奈。實際上就像唱片跳針一樣，每天從早到晚同樣的事情反反覆覆，停都停不下來。我為了讓妹妹可以休息喘口氣，偶爾前去迎請母親到我家來住。可是才住了一晚，第二天清晨又鬧著要回去，就算我們半強迫地將她留住，也不會超過三天。我也好，家裡的人也好，都注意到母親的健忘症以及同一件事說了又說的癥狀，她每來一次都比上次嚴重許多。

「奶奶的腦子到底是壞掉了。」正在大學就讀的長子說過這樣的話，實際觀察母親的狀況，確實是像一台壞掉的機器。不是生病，而是部分故障。不是全壞，壞掉的只是一部分，還有其他部分尚稱完好，正因為如此應對起來反而更加棘手。好的、壞的穿插夾雜，你分不清哪些是正常的，又是哪裡有病。很多事情見過即忘，有些則記得牢牢的。

母親住在我家的時候，一天中會出現在我書房幾次。當走廊傳來母親獨特的拖鞋聲，我立刻知道母親來了。她會很見外地說「不好意思，打攪一下喔」，然後走進我的書房。她雖然已經想好要對我說的話，但每次總是先從講過不知多少次的：故鄉那邊什麼人家的女兒要結婚了，不能不包個賀禮、誰誰誰說了什麼事，希望你也知道一下等等話題開場。對我們來說都是些瑣細不要緊的事，母親卻念念不忘一再提起，顯然對她來說非常重要。

等到出現書房次數一多，母親就會開始相信她本來就是為了這些事情來找我的，但她的表情看得出有點心虛，語氣也有些躊躇：「是這樣啦……」這時我會搶先說出她想說的話，於是她就會現出「果然已經說過了」害羞如小女孩的表情。為了掩飾難堪，她轉身離開房間前往走廊，然後好像突然想起什麼事情似的穿上木屐，走到庭院去，不久就會聽到她和別人聊天的爽朗笑聲從庭院傳來。但是再過一兩個小時，她又會為了跟我說同樣的話而出現在我的書房。

母親不斷重複同樣的說話內容，想必特別在乎這件事，如果能夠消除使她放不下的根本原因，一定可以讓她不再繞著這個話題轉。我和其他家人都這麼認為，有一段時間也朝此方向努力。如果母親擔心的是送禮的問題，妻子美津就會把禮物拿給母親看過，然後當著她的面包好，再拜託幫忙家事的太太拿去郵寄。可是這樣做並沒有讓母親放下掛心的事。美津包禮物的時候，她會在一旁緊盯不放，嘴巴念著「誰知道這樣到底有沒有真的寄出去」之類讓人不舒服的話。這種時候的母親實在教人又愛又恨，卻可以從中看出她行為裡面哪些是自然的，哪些又是刻意造作。她就像狠下了心似的把那件事拿出來說了又說，停也停不下來。看到這樣的情景，誰都會覺得她只是故意唱反調。儘管母親是在唱反調，卻沒有什麼惡意。過一兩個小時，她就會把美津當面包裝禮物或是其他種種事情忘個一乾二淨。

不過在母親腦中，壞掉的唱片並不是一直跳針重複同樣的內容。一個佔據她腦中好一陣子讓她不斷提起的名字，會毫無預警地消失無蹤，被新的佔據者取代。對母親情況最為熟悉的妹妹桑子，對母親腦中那個人為什麼會突然消失，也是毫無頭緒。母親到昨天為止一次次提到的事，突然今天起不再成為話題。話題一旦被她拋到腦後，即使我們試著提醒她，也是徒勞。母親就像變成另外一個人似的一無反應，而新的佔據者為什麼會進入她腦中也是個謎。母親不斷重複的內容範圍非常廣泛，有的是她希望我們替她做的事，有的只是單純報告她從別人那裡聽來的話，或者就是回憶遙遠的過去發生在自己身上的種種。至於什麼原因那些內容會像唱片跳針般頻繁刺激母親的意識，依然不明。

我留意到母親口中不斷出現明治二十六、七年前後❹以十七歲之齡早夭的親戚俊馬的名字，是去年夏天的事。那天晚上，我在築地的料亭招待客人，回到家中已經過了十一點。我才往起居室的沙發上一坐，就聽到隔壁傳來間雜著孩子聲音的母親講話聲。我對妻子美津說：「奶奶來啦？」我們家的人，包括我，還有我的弟弟妹妹，都稱呼母親為奶奶。「是啊，不知道是什麼風把她吹來的。」美津笑著說。傍晚時分桑子來電，說母親難得主動提起想來我們家。雖然知道她一如以往隔天早上一定說要回去，可是她話一說出口就沒得商量，所以就趕忙開車送她過來，換我們照顧她一下。

「我們當然知道奶奶非常喜歡俊馬先生，可老是俊馬先生長、俊馬先生短的說個

❹明治二十六、七年，相當於西元一八九三、九四年。

不停，實在太丟人了，都已經八十歲的人啦。」

就讀高三的小兒子把「都已經八十歲的人啦」的「啦」說得特別用力。

「我說喜歡他嗎？」是母親的聲音。

「哎呀，奶奶耍賴！奶奶不是很喜歡俊馬爺爺嗎？咦，難道是討厭？老實說，一點都不討厭吧？」

「什麼俊馬爺爺，叫他爺爺聽起來好怪，他不過像你這樣。」

「如果還活著，大概快九十了吧？」

「是嗎？應該還不到吧。」

「不是說和奶奶差七、八歲的嗎？」

「那是說他如果還活著，可是他早就死了，所以不能這麼說。倒是跟你現在差不多不過，他比你們溫柔體貼多了，頭腦也比你們好得多。」

孩子們爆出「嘩」的一陣笑鬧，壓過了母親說話的聲音。還有誰往後一仰碰在了紙拉門上。說話的是二兒子，但同時也聽得到讀大學的大兒子和讀中學的小女兒笑聲。在孩子們的笑鬧中，好像為了配合他們的高昂氣氛，也傳來母親誇張的笑聲，真是熱鬧到不行。

「這些傢伙這樣逗老奶奶不好吧。」

聽我這麼說，美津答道：「奶奶才過分呢，每次來我們家，總是抓著孩子們俊馬先生這樣、俊馬先生那樣的說個不停。」

「都說些什麼呢？」

「說俊馬先生個性溫柔啦，是個十七歲就考上一高❺的高材生，如果還活著，一定成為不得了的大學者什麼的，你看，說這些不是讓孩子們更想逗弄她嗎？還誇說俊馬有一個弟弟武則也很優秀，但沒有哥哥那麼厲害就是。前不久爸爸忌辰那天，我們不是請奶奶過來共進晚餐嗎？那時她也是三句不離俊馬先生，我就說，不要這

❺乃「日本舊制第一高等學校」簡稱，為今天東京大學教養學部、千葉大學醫學部及藥學部前身，位階高於現在的高中。

樣一直提俊馬先生了，多少也應該講一下爸爸的事情，否則對他老人家就太過意不去了。」

我完全不知道母親不斷提起俊馬先生的事，美津對此覺得很不可思議。

「奶奶談俊馬先生已經好一陣子了，你都沒聽說過嗎？也許她不想在自己兒子前面說。——奶奶看起來很喜歡那個人，相當喜歡。」

「真沒想到，老爸大概一直被蒙在鼓裡吧。」我說。

關於俊馬和他的弟弟武則這兩個名字，以及他們和我們家族似乎有些親戚關係，我當然多少有些印象。他們應該算是母親的堂叔。母親的爸爸，也就是我外祖父，和俊馬兄弟是堂兄弟。這對兄弟很小就失去了父母，於是住到我們家，成為母親的青梅竹馬。俊馬進入第一高等學校不久亡故，弟弟武則也是同一所學校在學中夭亡，兩個人都是在十七歲那年過世的。由於十七歲就能夠就讀一高，所以這對兄弟真的都是母親所說優秀高材生也說不定。故鄉的家族墓園東南角上立著兩名少年的墓碑，不過只有哥哥改用了我們的家姓，弟弟卻沒有。我從小就知道家族墓園裡面好像有嫡系之外的逝者葬在那裡。

當我知道母親頻頻提到俊馬後，便不著痕跡地加以留意。只有我不知道這件事，母親把俊馬說得像自己愛人似的，而且說個不停，連來家裡幫忙的太太都知道。我把這件事告訴桑子，她說奶奶也絕對不會在她面前提的，不過他們的關係，在老家和親戚之間卻是盡人皆知。她不跟自己的小孩提，應該是有所顧忌吧。奶奶看起來現在還懂得分辨某些事情，桑子這麼告訴我。

雖然母親一直提俊馬，但所說的內容其實簡單到不行：溫柔啦，優秀啦，有一天他正在讀書的時候，看到母親從庭院走近敞廊，就對她說「上來也沒關係哦」，大概就這些沒有別的。當時母親應該只有七、八歲，有人跟她說「上來也沒關係哦」，對猶是小女孩的母親而言，或許是一輩子難以忘懷的情景。除此之外母親並沒有說什麼，倒不是有話想說卻沒有說，恐怕是除了這幾件事以外，其他都記不起來了。在所有她關心的事情裡面，只有對俊馬的種種，不管時隔多久，都沒有從母親腦中消失。在這一點上，和母親腦中其他的佔據者是不一樣的。

每當我和弟弟、妹妹在一起時，常常提起這個話題。母親在少女時代戀慕過親戚中早夭的高材生，這是我們一致的意見，此外沒有其他可能。從俊馬那邊已經改用我們的家姓看來，或許他們從小就被預訂了婚約。還有每次談起這個話題，一定有人說：「話雖如此，把共同度過一生的父親忘個精光，然後俊馬先生這樣、俊馬先生那樣的，一味往俊馬先生一邊倒，實在傷腦筋啊。」這些說法每次都是被笑聲打斷，但確實有些難以理解、超乎我們想像的東西，存在母親身上，直到如今才展現眼前，讓我們倍感驚訝，也難免有種被欺騙的感覺。

自從知道這件事之後，我眼裡的母親和過去稍稍有點不同。

我和弟弟、妹妹們對於母親一輩子把少女時代的淡淡戀情深藏心底這件事，已經過了會覺得不舒服的年紀。即使父親在地下有知，大概也不會產生什麼特別的感慨吧。哦，有這種事嗎？然後就讓它過去了。想想已經事隔七十年，不管是我、弟妹們，還有家人，雖然嘴巴上還會說「真是讓人傷腦筋的老奶奶啊」，其實大家心裡反而有一種豁然開朗的舒坦。

我不准孩子戲弄他們的祖母，但母親自己一來到家裡就好像宣布新發現一樣，跟他們講起「那個俊馬先生啊……」，孩子們起初都是「又來了」一副不以為然的模樣，可等母親越說越來勁，他們再也忍不住非要吐槽幾句。母親只要一提到俊馬先生，臉上就會浮現獨特的羞赧表情——其實我不應該說的，不過，也無妨吧——一種有如少女撒嬌的語調。母親完全忘記這個話題已經講到孫子們耳朵長繭，以致每次她都好像這是首次提起一樣，有種迷人的新鮮感。

每當母親說起俊馬的事，我便注視她的表情，帶著觀察昆蟲觸角動態的興味。當然，母親在我面前是絕口不提這件事的，我只能在母親和孩子們對話時，若無其事地偷瞄；不過母親一點看不出無所顧忌的樣子，而是帶著躊躇、羞澀，以及只有說話時才會有的苦惱表情。這樣子看著母親，讓我深深相信她在少女時代喜歡過俊馬少年，而那種思慕之情一直持續到如今的高齡，這使我不禁感慨萬千。時間所侵蝕的母親，言談與表情卻帶著一種與老衰無關的哀愁。老年人獨特的樂天笑聲也好，偶然瞥見的釋然表情也好，我們都應該有退後一兩步默默注視的必要。

「有人說，女人即使生了小孩，也不可完全相信她的心，是這樣的嗎？」我曾經問過妻子。

「嗯，或許是這樣吧，奶奶大概不是特例。」

美津說這話時的眼神，好像在觸探內心深處。她也透露當她看著母親，很難不浮現「人生一世，無非徒然」的想法。到底是值得，或是徒然，端看你審視的角度，你要說做為一輩子的結髮夫妻，肉身的連結等等並沒有什麼特別的意義也可以，但從即使是細微難以察覺的精神愛戀，都可以持續一個人漫長的一生而不會消失於無形看來，你也可以說，人生一世，並非徒然。不管是哪一個想法，就像母親的哀愁神情一樣，我和妻子的對話中，也充滿了傷感。縱觀人的一生，究竟而言，確實有些時候讓人感到活著是件無可奈何的事；我不得不接受並相信，這也是在我眼中現在的母親——一個活到八十歲的女性的結論。

去年夏天，美津的母親在廣島的二女兒家，也就是美津的妹妹家過世了。我家有著長壽的遺傳，妻子那邊也是長壽家族，美津的父親在戰爭末期和家父一樣以八十高齡去世，她母親則享壽八十四。剛入夏的時候我們接到病狀惡化的通知，妻即刻兼程趕到廣島，照看了半個月左右，並於母親彌留時隨侍在側。我因為染患重感冒沒有去參加告別式，五月的探病行是我最後一次看到岳母。

美津在葬禮後又在妹妹家待了大約兩個禮拜，對一向不喜歡離家太久的美津而言實在罕見，一方面母親走後需要整理遺物，而且多半是想，母親不在後，和妹妹長時間共處的機會，這應該是最後一次了。美津回家當天的晚餐席上，談到了她母親臨終前的一些事。她用彷彿是「所有的奶奶都一樣」的語氣，向我和孩子們描述廣島母親的情況。

岳母去世前一個月，開始呼喚曾經如母親般撫育她的姊姊的名字：姊，給我開水；姊，給我吃藥……不管想做什麼都會呼喚姊姊。她臥病將近一年，在那之前頭腦可以說比身邊的人都靈光，每天早上不忘指示別人代她向亡夫牌位的佛壇供養清水，有時還會趴在榻榻米上對前來探望她的人行禮致謝。沒有一天不提到十幾年前過世的亡夫：我的老伴這樣那樣、如何如何。突然有一天，嘴裡不再出現關於老伴的事即使是一個字，開始淨呼喚姊姊的名字。她呼喚姊姊的時候，用的是年幼小妹向姊姊撒嬌的語氣，卻來自八十四歲老太婆的口中，身邊的人聽了都覺得怪怪的。

「我去的時候，她也把我當做她姊姊呢——姊，您來啦？」

聽到妻模仿的語氣，長子說道：「哇，超恐怖！」

「其實一點也不恐怖呢。年紀那麼大了還發出如此令人難以置信的稚氣聲音，溫柔而甜美，連看護都覺得很感動——瞧，開始呼喚姊姊了。之後她逐漸返老還童，走前兩三天終於回到了嬰兒期。她含著手指吸吮，好像吃奶一樣，根本就變成嬰兒了嘛！」

我無法想像八十四歲的老婆婆吸吮手指的模樣。據說岳母臨終前，身體漸漸萎縮，所以看到她返老還童的過程，或許周圍的人並不覺得這現象有什麼不自然。

美津又說：「我看到廣島奶奶的情形，終於可以瞭解我們家奶奶是怎麼回事了。我覺得奶奶也是在返老還童的過程，而現在正停留在十歲左右，一定是這樣沒錯。

她不是忘不了俊馬先生，而是回到與俊馬先生一起遊玩的十歲時期了。」

美津這個看法，我完全沒有反駁的餘地。仔細想想，或許真是這樣也說不定。

小女兒說：「這麼說奶奶真的是回到了十歲呢。你們想想看，那是她還沒跟爺爺結婚的年齡，當然不會提爺爺的事了，她根本還不認識爺爺啊。」

二兒子接著說：「廣島奶奶跳得比較快，突然就變成少女，接著是小孩，再來是嬰兒，然後就過世了。我們家的奶奶身體好得很，說不定會停留在十歲好幾年，俊馬先生的事恐怕還有得說呢。」

大兒子說：「所謂返老還童，就是過去不斷消失的過程，如果完全消失的話可能很好玩，可要是還有一些部分不會消失，那就很傷腦筋。只有對自己不利的部分消失，留下的都是喜歡的部分。——話說回來，我們真是太對不起奶奶了，誤會她這麼久。」

我一邊聽家人對話一邊想，不知道把美津母親的情況直接套用在我母親身上是否正確，不過人似乎一進入老境多少都會有這樣的現象，母親也不例外吧。過往的一部分完全消失無蹤，關於父親的記憶，只能說母親好像已經一無所存；對子女的關心程度和年輕時期比起來，也所剩無幾；對孫子們有沒有感情甚至也說不準。這樣看來，或許母親是讓橡皮擦將自己一路走來長長的人生之線，從一端開始抹除淨盡了。當然這並非出自母親的本意，拿橡皮擦的是老衰，教人無可奈何的老衰。它將母親數十年人生之線，從最近的地方逐漸擦拭一空。

父親到老也毫無失憶的跡象。父親的人生猶如一條非常明顯的粗黑線條，晚年既沒有倒回十歲，更沒有變成嬰兒。以一個父親的身分，握著他的孩子我的手，之後走完自己八十歲的生涯。儘管如此，父親在他臨辭世幾分鐘或幾十分前，在沒人察覺的情況下，讓老衰拿著橡皮擦，將生涯的某些部分抹除了也說不定，不能說完全沒有這種可能性。

總而言之，因為有這樣的事，我向弟妹們發表關於母親回到十歲的看法：「大概奶奶過幾年也會吸吮手指頭吧，如果變成這樣，不是很可愛嗎？」

妹妹桑子說：「那你們知道奶奶近來最最關心的事情是什麼嗎？奠儀吶。只要聽說老家什麼人過世了，就整天吵著要趕快送奠儀，直到她相信我們確實已經匯款了才會罷休，真是令人吃不消啊。拿著從以前到現在的香奠帳，誰誰給我們多少，誰誰又包了多少——可是時代已經完全不同了，親疏遠近的變化導致有些家族和我們也不再慶弔往來，可是奶奶完全不理解，何況幣值和過去也差很多，這她也不管——這哪像是十歲的人啊。」

和母親一起生活、最瞭解母親日常起居的妹妹提起奠儀的事，我和弟弟這才明白不能將母親的情況簡單歸類為返老還童。

妹妹接著說：「奶奶說到奠儀的時候，完全就是一個正常到不行的老太婆。死亡等於奠儀，一聽到誰過世了，立刻反射式地說一定要回包奠儀，好像欠了人家多少錢似的。」

三

今年春天，我們商討了一個計畫，我家裡每一個人，以及弟弟、妹妹家中時間上允許的，所有近親一起陪著母親到稍遠的地方賞櫻，算是慶祝母親八十壽辰的小旅行。先到川奈度假大飯店❻住一宿，然後繞到下田❼在那邊新近開幕的飯店過夜，接著搭車越過天城山❽，回到老家所在的村莊。計畫中我們回老家是要一起祭掃父親的墓。我們提早在一月就預訂了飯店房間，同行的人數也早都決定好了，但一直沒有告知母親。這是依照桑子的要求，因為只要讓母親曉得有這個計畫，她就會每天從早到晚提這件事，不斷重複問「到底什麼時候要去」之類的問題，讓身邊的每一個人煩不勝煩，所以希望到最後一刻才讓母親知道就好。出發前一天，我們才將這個構想告訴母親。

儘管如此，也不知道她從哪裡聽來的，四月初她就曉得將會和大家一起去伊豆賞櫻，出發前幾天，她每天早晚都會打電話到我家。桑子開了一家美容院，每天都要去店裡工作，母親就是趁桑子不在的時候打電話來的。看起來母親非常在乎我們的行程是不是包括回老家一趟。不管誰接的電話，都會跟她保證一定會經過老家，她聽了就會說：「哦，是嗎，那就太好了。」然後立刻忘得一乾二淨。

出發的時候簡直亂成一團。桑子和母親前一天先到我家過夜，那是因為母親很怕我們到時丟下她就走，一直很焦慮不安，為了讓她放心於是採取了這個措施。

那天，我們分乘兩部轎車前往東京車站，當車子走到離家不遠的轉角時，母親突然說道：「哎呀，忘了拿很重要的東西，不過這也沒辦法，算了算了。」問她忘了什麼，她說是手提包。坐在副駕駛座的桑子說沒這回事，因為怕忘記，已在玄關親手交給了母親。車停下來，大家在自己座位附近搜尋，卻一無所獲。我讓車子再調頭回家。母親的手提包掛在玄關側邊一棵杜鵑的枝幹上，提包上面整整齊齊放著疊

❻川奈度假大飯店（Resort Hotel Kawana），位於靜岡縣伊東市的老牌高級度假酒店。
❼位於伊豆半島南部。
❽橫亙伊豆半島中央的山脈總稱。

好的手帕和手紙。完全搞不懂母親為什麼會將提包放在那裡。

弟弟夫婦和兩個孩子在東京車站等我們。桑子的姊姊，也就是我的大妹，他們夫妻因為有事不能參加這次旅行，但就讀高中的女兒和去年大學畢業在證券行工作的長子，則會過來。由於他們還沒到，母親為此非常焦急。當我託運行李的時候，她就在周遭過往的人群中不斷搜尋，有時好像在車站大廳的雜沓中發現孫子的身影，突然就會巍巍顫顫地往那邊走過去。我叫大兒子和二兒子負責看好他們的奶奶。由於大妹家那兩個孫子一直沒有出現，母親臉色非常不安。

當二兒子安慰她「還有三十分鐘才會發車，不要擔心」時，她突然大聲叫道：「哎呀，手提包呢！」大家不約而同轉頭，看到她正在四處尋找。「在我這裡啊。」小女兒說。大兒子輕聲提醒她：「你拿了就要讓我們知道一下，免得大家跟著擔心。」母親聽了就說：「沒關係、沒關係，我來拿就好。」不曉得誰立刻堅決地說：「奶奶不可以！」

說著說著兩名外甥也到了，於是一夥人開始往月臺移動。母親沒走幾步就停下來，說誰誰誰不見了，弄得大家膽戰心驚。每次兩個兒子不是好言安撫她，就是念她幾句。被孫子念的時候，她都會覺得很不好意思，然後爽朗地笑笑。

坐上開往伊東的電車，啟動後，一直忙著擔心別人這個那個的母親突然安靜了下來，端坐在座位上，手置於膝上，望著窗外。她專注地欣賞沿途風景，彷彿這是搭車的禮儀似的。把臉轉向車窗的母親，隔著點距離看來，和上車前不同，完全沉浸在自己的思緒中，就像一個沒有人陪伴、單獨搭乘電車旅行的老太太。

抵達川奈飯店後，我們一行分別入住可以眺望庭園開闊草坪的面海房間。正好是櫻花盛開時節，就賞櫻之旅而言真是太完美了。從房間的窗戶望出去，滿開的櫻花就像人造貼花，一動也不動地分布在庭園各個角落，一叢叢有如調色盤上的斑斑點點。雖然看不到海，但隨著風力變化可以不時聽到海浪聲傳來。

晚飯前的時間，我們分成幾組，各自在廣闊的庭園散步。來到飯店後，母親就忍不住一直抱怨：「這就是伊豆嗎？伊豆哪是這樣的？」語氣帶著不以為然。女眷們異口同聲對她說：「很漂亮對不對？」母親的回應卻是一種「儘管你們都說很美，可別以為我和你們一樣」的態度。這種時候母親的表情就像個鬧彆扭的小孩，故意唱點反調，看起來既像十歲的童女，也像她真實年紀的八十高齡老媽。

七點開始，在大餐廳一角將幾張桌子併在一起，成為我們的晚餐席，不拘大人、小孩各自隨便找了個位置吃將起來。只有母親一個人端坐正中央。大概有點累了，她只喝了些湯，其他的料理幾乎都沒動。她話說得很少，但始終面帶微笑。這麼多人為了她而會聚同樂，心裡面好像蠻得意的，從這點上看來，和亡故的父親個性簡直南轅北轍。

聚餐之後，大家先回房間稍作休息，不久又都先後出去閒逛了。我和弟弟同房，兩個人難得見面，就留在房間聊起天來，是一些親兄弟間才會有的對話。白天的時候總是有人在房間進進出出，現在沒有了，兩邊的房間也是靜悄悄。

弟弟臨窗看了看庭園，說大家好像都觀賞夜櫻去了。聽他這麼說，我也走到窗邊朝外看。女眷和孩子們分成兩組還是三組，正橫過被燈光照得通明的草坪。離旅館建築比較近的櫻樹有燈光打到，就像草坪上的裝飾畫一樣，從背景中浮現出來，草坪另一端較遠的櫻樹，則完全隱藏在夜闇之中。記得大家在餐廳曾經談到，黑暗中的幾株櫻樹才是最有看頭的，他們現在應該就是要去那邊。

不久弟弟下去大廳櫃檯。弟媳另有要事，明天要先回東京，我想他是要去幫她處理車票的事。房間只剩下我之後，就聽到隔壁房間發出細微的聲音。照說不會有人留在那兒，可我又想會不會是母親沒有出去。仔細一想，剛剛從窗戶看到的那幾組人影裡面，並沒有母親。

我趕快出門走到桑子和母親同住的隔壁房間，一碰門把，門立刻開了。進去一看，母親坐在離窗戶較遠的床上。她的姿勢就像白天搭電車時一樣，安靜端坐，手置膝上。

「剛才阿修過來邀我，我說我想留在這裡休息。」

母親說話的語氣，好像一個人被留在房間感到有點委屈。阿修是我的長子。我想先陪陪母親，於是在窗邊的椅子上坐下，立刻注意到前面的桌子上放著那只手提包。我拿來打開看看，裡面只有一本微微破損的筆記簿，此外什麼也沒有。我對母親說，裡面什麼都沒有呢，母親回說，才不是這樣，如果裡面什麼都沒有，一定是桑子把東西放到她的提包了。母親說完，好像有點在意，歪著身子準備下床來，我制止了她，她也就回到原來的位置上坐好。

我取出手提包中的筆記簿打開來看，是香奠帳。父親的筆跡，一邊寫著人名或家號，對應的欄目上則記下金額，最前面一頁日期可以回溯到昭和五年❾。我完全沒有想到會在意外的地方看到意外的東西，不禁抬頭望著母親。

「為什麼要把香奠帳帶在身邊？」

經我這麼一問，母親答道：「裡面真的有嗎？我完全不知道啊，就這樣帶過來了。」

母親就像惡作劇被抓包的小孩一樣，一臉不好意思，又想下床來把它拿回去。我把手提包交給母親，又回到窗邊的座位上。

「好奇怪哦，我都不知道耶，大概是桑子放的吧。」

母親說完，故意裝出一副想不通的樣子，大概是想強化自己的辯解。桑子不可能把那本子放進去，一定是母親自己放的，而且也不是在不知情下帶了出來。

弟弟走了進來，「住宿的客人非常多，但每個房間都空蕩蕩的，應該都賞櫻去了吧。」他邊說邊在我對面坐下。

「明天的計畫到底是什麼？你們準備到哪裡去玩啊？」母親把手提包藏到背後說道，大概很怕在弟弟面前又談到香奠帳的事。也不知道是第幾遍了，我還是跟母親耐心解釋明天以後的行程，並且說要去祭掃父親的墓，不過山路較陡，母親恐怕是上不去的。

聽我這麼說，母親身體前傾，似在整理床單的皺褶，她低頭看著手，說道：「掃墓我就不去了，那邊山路走起來很滑。我是想，今後對你們父親盡義務的事我就都免了吧，一輩子已經做了很多，這樣應該夠了。」母親很難得像這樣　字一句將自己內心的想法，清清楚楚表達出來。我望著母親，好像在看一個珍貴的東西。她好

❾昭和五年即西元一九三〇年。

像突然又從十歲的女孩回到有了心思的大人，還罕見地談起父親。這時，她抬起頭來，並沒有看我們，而是凝視著空間的一點，彷彿在思索著什麼，突然又說道：「下雪的時候曾經出去接他，和隔壁的太太一起去的，道路都凍結了。」

從她的語氣和表情，可以看出來她正沉浸在回憶之中，雖然是在跟我和弟弟說話，卻比較像自言自語，是在講去什麼地方接父親的往事吧。母親生涯中有若干階段和雪國有關，比方生我的時候是在師團所在的旭川⑩；父親接到退職令的最後任地，是當時師團所在的弘前⑪；在金澤⑫也待了兩年。因此母親所謂出去接父親，大概不出這些北方都市其中的一個，但不確定是哪裡。

接著母親又用同樣語氣說道：「阿修他們好像都帶便當，以前我也是每天都要準備便當，為了配什麼菜傷透了腦筋。」

我和弟弟都靜靜聽著，這種時候我們只能保持沉默。

母親接著說：「還要擦皮鞋，軍人的長靴擦起來可費力呢。」

我總覺得現在母親的頭腦裡面，好像有些部分正被一道 X 光之類光的照射著。

一道尖銳的光之箭刺進了母親的頭部，只有被照射部位所儲存的記憶重新甦醒過來，然後母親將它們一一擷取，化成語言從嘴裡說出。母親從不曾有意識地回憶過往，她的所有回憶，無一不是自然湧現。此刻的母親卻不是這樣，她把父親所帶給她的辛勞記憶斷片，從自己的腦中給拉了出來，講話的語氣有點哀怨。

母親停止說話時，弟弟插話道：「奶奶，在弘前的時候，大家曾經一起去城堡賞花對不對？」

弟弟留意到母親淨回憶和父親生活中比較辛苦的一面，所以試圖引導其他比較愉悅開朗的話題。母親並沒有隨他起舞，只說：「嗯，有這回事嗎？」然後轉頭看著我們。

轉過來的母親的臉，一點看不到才不久前全力思考以牽引出記憶時那種緊繃的表

❿北海道第二大城，戰前為舊陸軍第七軍團所在地。

⓫青森縣地名，為日本最大蘋果產地，舊陸軍第八軍團所在地。

⓬石川縣首府，為著名美術工藝之都，舊陸軍第九軍團所在地。

情。

「金澤衛戍病院的庭園舉辦過園遊會，有沒有？」弟弟又問道，母親仍不為所動。

「還有，軍醫們的家族也會聚在一起，大家玩得好開心哦。」

「也許有吧。」

「抽獎的時候奶奶還抽到第二大獎呢！」

「哪有，我可不知道有這樣的事。」

母親非常用力地搖了搖頭，大概真的是毫無印象了。

「那，還記得這個嗎……」

弟弟愈說愈起勁，努力回想一些母親肯定非常開心的昔日片段，不停向母親求證，可是母親幾乎都不記得了，偶爾有些她還有印象，但也只是非常淡漠的記憶片段罷了。

才沒多久，母親一方面對於要一一回答弟弟的問題而不耐煩，一方面大概也是對大片的記憶空白感到不好意思，於是自顧自地說「哎呀，也該睡了」，隨即躺了下來。

我和弟弟趁此退出了母親的房間。弟弟建議不妨去庭園走走，我說好。從飯店出去，來到寬闊的庭園邊上放眼一看，許多應是住宿客的影子，像小小的造形，散落在不同的角落，成雙成對的年輕男女為數不少。我們的家人應該也在其中，但難以確認。草坪上是亮晃晃的燈光，人反而看起來很渺小，而且僵硬不搭調。

夜晚的空氣既不熱也不冷，拂過臉上的微風帶著海潮的氣息。我和弟弟走人燈火中，直直穿越草坪，向著右手邊有點距離外的兩排櫻樹走去。弟弟邊走邊稍稍激動地說，母親現在把和父親一起生活的愉快部分完全忘光，偏只記得不開心的事。人老了大概都會這樣吧，他對母親的狀況下結論說。弟弟從離開母親房間後，好像一直在思考這個問題。

「看看古老寺院的柱子就知道了，時間一久，材質比較鬆軟的部分會消磨凹陷，只剩下比較堅實的紋理留下來。人差不多也是這樣吧，歡樂的記憶逐漸模糊，那些痛苦煩惱倒記得清清楚楚。」

原來如此，我想這樣解讀也未嘗不可。以母親目前的情形，頭腦算是難得的清醒，她從深邃的記憶深淵中汲取出來的，是下雪天出門去接父親的辛勞，準備便當的辛勞，擦軍靴的辛勞。做為可以不再去祭掃父親墳墓的理由，母親把這些辛勞的記憶翻出來，列舉給我們看。

不過，我倒是和弟弟有不太一樣的想法。我也是在離開母親房間後，和弟弟相同，對今天晚上所看到的母親，不停想了又想。

母親遺失了所有關於歡樂的記憶，同樣的，不愉快的記憶也消失無蹤。她失去了父親的愛，以及對父親的愛；父親對她的頤指氣使不再，而她對父親的冷淡也無存。準此而言，父親和母親之間的借貸關係是徹徹底底清理一空了。母親今天晚上追憶起接父親、擦軍靴、做便當等等事情，基本上不能說是苦差事吧。她實際上做這些事的年輕時代，一定也不會把它們當做苦差事。雖然不是什麼勞苦，可是等到年紀大了以後回頭一看，有如長年堆疊的塵埃一樣，那些事也就變成相當的重量積壓在母親的肩上。活著就是這樣，時時刻刻都有看得見看不見的塵勞，飄降我們肩上，而如今的母親正感受到它的重量吧。

我暫時沒有和弟弟分享我的想法。我們不知不覺走到了目的地的櫻花樹下，盛放的小小花蕊成簇成簇地呈傘狀遮覆在我們上方。強烈的燈光並沒有照到這個地方，附近只有一盞戶外景觀燈，淡淡的夜色包圍著花朵，可以看到花蕊透著一點紫暈。這個時候，好像追趕之前的想法一樣，心中又湧現另外一個想法。所謂的塵勞，或許只會積壓在女性的肩上，那是漫長的婚姻生活中，無關愛恨，只有丈夫會留給妻子也說不定。一天天，說不上是恨的恨意緩緩積存在妻子肩上。如此一來，丈夫成為加害者，而妻子就變成了受害者。

由於弟弟的催促，把我的思緒拉回到現實來，我們離開花下，準備回房去。遠遠可以看見旅館偌大一棟建築，每一個房間都發出煌煌燈火，母親就在那些明亮房間中的一間。她在我們離開時是躺著的，不過我想現在她多半又從床上坐起來了吧。老衰的母親內心深處到底是怎樣的構造，我們是無從得知了，對於我說母親現在肯定又起身端坐床上，弟弟雖沒有回什麼，但這大概是做為子女的我們可以如此確信的事。

月之光

一

在母親八十歲那一年，因為想把關於母親的事做個紀錄，於是以〈花之下〉為題，寫出了既不能說是小說也不完全是隨筆的文章，描述母親老衰的樣態。很快五年就過去了，母親今年滿八十五，父親是在八十歲過世的，算是高齡才亡故，母親又比父親多活了五年。父親死於昭和三十四年⑬，到今天為止，母親已經度過了十年守寡的歲月。

照理說八十五歲的母親應該比〈花之下〉八十歲的時候還要老態龍鍾才對，但這想法放在母親身上還真不一定。不可否認她給人的印象或許是小了一圈，視力變差，聽力也更加不靈光了，但感覺體力並沒有衰退。皮膚挺光滑的，有時還給人變年輕的錯覺，笑容更是和大家印象中的老醜差很遠，顯得非常開朗，一點都不會怪裡怪氣。一如以往，每天動不動就快步走到附近的親戚家坐坐，總之不管從哪一點看來，都讓人感覺不到她更老了。既不會抱怨肩膀不舒服，也很少感冒。如果真要提，除了很早以前就少了一兩顆臼齒，這幾年唯一的變化，大概就是上排門牙裝了兩顆假牙。我想，母親這一輩子應該是不會嘗到全口假牙的不便和辛苦了吧。

不僅是牙齒，她到現在看報紙不需要戴眼鏡，還可以自言自語般地念出小號字體印刷的新聞提要，這是連我在內她的四個孩子都比不上的地方。「奶奶身體真好，太勇健啦！」四兄妹每次談到母親時，總有人以讚歎的語調如此起頭。

「奶奶也會四十肩、五十肩嗎？」

雖然為時尚早，但之後就要到那年紀的小妹桑子曾經這樣問大家，可是沒有人能夠立刻作答。一個說，四十幾快五十的時候，即使像老媽這種身子骨應該也會有吧，另一個則一臉憮然說，這種事大概沒有人會躲得掉。如果真有這種事，唯一可能發生的時期，或許是父親剛從陸軍退役，隱居伊豆老家的昭和早期。父母初老，孩子們先後離開他們到都會生活，看來只有父親能夠給予明確的答覆，然而父親早

⓭昭和三十四年即西元一九五九年。

已不在了。孩子們對於懷胎十月生下自己的母親初踏入老境——現在的自己也已經或即將面對的——時期種種狀況，只能說是無知；究竟而言，即使是親如子女，也還是不太清楚自己父母的境遇，這是我們兄妹每次都會得到的結論。

母親本來就生得瘦小，父親過世之後她瘦得更明顯，以致整個人仿佛萎縮了一樣，看到她雙肩和上身之單薄，甚至教人懷疑這是一個人的身軀，將她抱在手上，感覺她好像全身只剩下骨頭的重量。從一旁看著她起居活動，腦中不覺浮現的是「輕如枯葉」這樣的字眼。說她這幾年仿佛萎縮了，除了這輕如枯葉之外，還有和輕重無關的，只能說是一種無可如何之感：從此以往再無任何可能性的肉身，已經來到了它的終點。

大約兩年前我曾經夢見過母親。不清楚地點在哪裡，有點像故鄉老家前面的街道，母親一邊大叫「救命啊，趕快來救我呀」，一邊猛力揮著雙手，眼看就要被強風擄走，卻抵死頑抗。自從做了這個夢之後，我留意到那和母親實際的起居動作，有種微妙的類似，好像只要一陣強風就有被吹走的危險。此後，我就覺得母親輕飄飄的肉身充滿難以捉摸的無常之感。

當我惘惘地說出我的想法時，在我之後出生的大妹妹志賀子說道：「如果奶奶只是給人無常之感，那該有多好啊。這麼說吧，只要一個禮拜，不不，三天也好，你和奶奶一起生活個三天看看，你就沒有力氣去發什麼無常啊、空虛啊這些感慨了。到底要怎麼辦才好，我可是非常認真想過的。根本無路可走，只有難過悲哀，好想和奶奶一起死了算啦。」

聽妹妹這麼一說，我也好，其他的弟妹也好，只能無異議同意她的說法；我也對不經意說出有如無責任第三者的見解，感到後悔不已，趕忙換個話題，以免又刺激了妹妹的情緒。母親現在住在故鄉伊豆老家，由在鄉公所任職的志賀子夫婦照顧；志賀子算是我們四個兄妹的代表，由她一個人承接照護者後母親的責任。畢竟是自己的母親，做為女兒加以照顧也是應該的，可是以她現在的處境，一定覺得兄妹中只有她不得不整天和母親相處在一起這件事，簡直是倒楣抽到了下下籤似的。

不過，志賀子目前的處境，正是小妹桑子到前幾年為止的處境。最近這幾年生活上唯一較大的變化，就是將母親從東京的桑子家接到故鄉伊豆的志賀子家去住。從小妹手中轉到大妹手中，母親生活的場所也從東京變成了伊豆。

父親過世的時候，故鄉只剩下母親一個人。孩子們當然不能讓老人家一個人住在那裡，幾經商議，終於決定由因為某些緣故搬出夫家，自己開了間美容院維生的桑子來擔任照顧母親日常起居的工作。事情的經緯，已經在〈花之下〉中交代過了。畢竟是給親生的女兒來照顧，母親心裡雖然百般不願意，最後還是同意搬到東京。至於本來應該負起照顧母親責任的長子我，或是弟弟家，母親始終神經質地充滿警戒。給自己女兒照顧就罷了，住到有外人在的兒子家，門兒都沒有。這一輩子從沒謹小慎微生活過一天，到這麼老了還要在兒子家為了怎麼拿筷子而戰戰兢兢我可不幹，這些話母親說了又說。這種時候的母親，不管在誰看來，都是脾氣古怪、冥頑不靈。

結果母親和桑子一起生活了大約四年。母親的老態逐漸明顯是在她定居東京之後兩三年的七十八、九歲左右。老衰的徵兆早在父親辭世前後即已存在，如今回頭想想，當時倒也不是沒有注意到，可因為她的脾氣變得特別拗，我們誰也沒聯想到其實母親的頭腦已經部分毀損。

最早讓我們覺得再不能輕忽，是母親會忘掉自己剛說過的話，一遍又一遍重複同樣的內容，而我們終於知道無論如何也沒辦法讓母親理解自身狀況的時候。

「奶奶您看，這件事您已經說過好幾次了。」不管怎麼提醒她都沒有用。一方面母親不相信自己會這樣，她頭腦比較清楚的時候頂多也只是半信半疑而已。可是我們所說的話她雖然瞬間瞬間的接收，但就是那瞬間罷了，過後即忘，我們無非是徒然在跟她發送一些只在她腦中瞬間掠過、絕對不會在她心裡留下任何痕跡的訊息。

母親口中一次次吐出同樣的話，就像壞掉的唱片不斷跳針重複一樣。剛開始，我們看到母親這種情形，就把它解釋為她對那件事特別在意的緣故，後來我們不得不改變我們的觀點。只有一些曾經以特殊的形式刺激過母親內心的事情，才會刻錄在唱片的盤面，一旦刻錄了之後，就是機械式地在某些時點一遍又一遍執拗地迴轉個不停。不過到底那些事情是在什麼理由之下被刻錄在母親腦中的唱盤，沒有人知道。

有時是斷斷續續，有的則是連續好幾天不斷重複個幾十遍，然後也不知道是為什麼，那些每天重播個不停的話會戛然而止。只能說，本來蝕刻在壞掉唱片上面的音軌，突然消失不見了。有些是一兩個鐘頭就消失，有些則會持續十幾二十天。

像這樣在母親口中不斷跳針重播的內容裡面，有些明顯是新近受了什麼刺激才刻上的，有些則是若干年甚至幾十年前遙遠的過去刻上的。年輕時代的記憶之類的，是在記憶汪洋中揀選出的特定內容——至於為什麼會被鎖定誰也不知道，總之只有特定的極少數內容，才會被刻錄下來彷彿要永久留存般，而這些內容非常淡定，它們會耐心等待，然後在不致太突兀的時刻出場。這種時候，母親講話的方式總像是突然想起來似的，眼睛望著遠方，把那些已然模糊的年輕時代記憶慢慢牽引出來。在這種時候有一種強烈的真實感，母親自己好像也覺得這是她第一次在說這件事，已經不知道聽了多少次的人當然會很煩，但第一次聽到的人卻不會感到有什麼不對勁。不過才幾分鐘時間，當她又開始講同樣的話，而且說得好像在講全新話題似的，這時才會注意到母親的異常。

儘管如此，有客人來訪的時候，只要時間不長，母親並不會讓對方覺得她有什麼問題。瞬間的應對都與常人無異，也不會說出什麼不適切的話，完全表露出年輕時代善於交際的個性，表情親切自然，專注傾聽，有說有笑，讓對方心中湧起獨特的親密感。可只要和母親再多談一下，就一定會留意到母親的老衰現象。母親的話也好、客人的話也好，都是瞬間生滅；一眨眼母親就會把自己的話和對方的話，忘個精光。

和這樣部分毀損中的母親每天從早到晚相處在一起的桑子，不大聲叫苦才怪。「如果不會同樣的事說了又說，她真是一個超好的奶奶啊。」桑子每次來我家都會這麼說，「如果要跟她答話，就不得不一直答同樣的話，可若是都不理她，哎喲，奶奶啊，可氣呢，她會認為別人不拿她當回事，這種時候最教人受不了啦。壞了的和沒壞的全都撞在一起作亂。真是，常常忍不住想說出傷人的話。」

然後桑子就會跟我說，即使一天也好，但願偶爾可以不必和母親從早到晚大眼瞪小眼的。我想她說的也沒錯。

為了讓崩潰邊緣的桑子喘口氣，我們不時將母親接到家裡來住。可是如果沒什麼有力的理由，母親是不會答應來我家的，這時擔任說服任務的是我弟弟。一旦母親同意了，倒是挺乾脆的，開車接她來的時候皮箱塞滿了好像至少要待個七天甚至十天的衣服，可每次一來，很快就吵著要回去。在陌生的房間睡不好，又會擔心桑子的狀況，才住個一晚就開始坐立難安。不過她大概也覺得不好剛來就走，所以總會勉強住兩三晚，但從旁看來實在替她難過，她的心根本已經向著桑子家了。母親待在我家的時候，或是到庭園拔拔草，或是打掃房間，有時也會端茶給客人。她是個閒不下來的人，不讓她做點什麼是不行的。不管她在哪裡，一聽玄關門鈴或電話響了，馬上就起身要去接，好不容易才能把她勸阻住。有幾次被她接到了電話，這時注意一聽，她和人家親切地講話，好像聽懂了人家問題似的應答，可是電話一放下，她才醒悟到她已經完全忘記剛剛通話的內容了，一臉的錯愕沮喪。上午時間頭腦比較清楚，多少可以記得一兩件事情，一到下午就不行了，才接完電話腦中卻一片空白。

母親來的時候，一到夜晚孩子們總是喜歡圍著她講話。母親對我和妻子多少有些顧忌，和孫子們在一起卻非常開心。我從旁看著，奶奶和孫子們營造了極為熱絡歡愉的氣氛。在這樣的聚會上，母親對著讀大學、高中、初中的孫子，總是訴說著同一個話題：關於俊馬、武則這兩位親戚中高材生兄弟的故事。兩人十七歲的時候先後考入一高，可惜不知道是胸腔還是哪裡的疾病夭折了。兩位都一樣有良好的個性和資質，但要比溫柔體貼，畢竟還是俊馬好……諸如此類的話。

母親腦中鐫刻了俊馬和武則事蹟的老唱盤，只有在她來我家，和孫子們圍坐談話時才會迴轉，此外很難有其他解釋。母親在桑子和我面前從未觸及這個話題，可是和孩子們在一起，就會每晚而且整晚不只一次地俊馬、武則說個不停。開始母親都好像第一次提到一樣，跟孫子們說這件事，到後來變成他們搶先說這個故事，有時還故意把俊馬、武則說反來戲弄奶奶。雖然我嚴禁孩子們戲弄奶奶，但母親在這種時候一下忙著糾正他們的錯誤，一下和他們爭論某些觀點，自己反而樂在其中，大概覺得他們是小孩子，並不會惱羞成怒。孫子們起初猜測俊馬曾經是奶奶從小預定婚約的對象，後來更相信這就是事實，我想在一定程度上應該也離事實不遠。從哥哥墓碑上的名字冠了我們家姓看來，就算沒真的有婚約，大概母親從小就知道周遭的人都認定他們是未來彼此嫁娶的對象。如果再大膽一點推論，俊馬過世後，武則就承接了哥哥的位置也說不定，只是不久武則也不幸夭亡，才有後來我們的父親以養子身分和母親結了婚，這樣想似乎也沒有什麼不合邏輯的地方。在這樣的設想下看來，母親壞掉的唱盤確實反映了一個處於如此立場的女性。她一遍遍複述關於少年高材生的事，周圍的人看她這樣不免會覺得怪怪的。

母親幾乎從不提及父親。父親過世之後有一段期間，她就像一般的寡婦一樣，常常提到父親，那也是因為家裡許多事都和父親有關，可等她頭腦故障後，就再也沒說起父親了。從這一點看來，我只能猜想要嘛母親丟失了刻錄父親記憶的唱盤，或者本來就沒有配備過這樣的唱盤。

除了以上所說，還有一個狀況，就是母親和東京的桑子共同起居生活期間，我們注意到她將自己一路走來漫長人生的軌跡，由近而遠逐漸往回抹除，先是七十多歲，然後是六十多歲、五十多歲。母親不太提起過七十幾歲、六十幾歲或是五十幾歲的事。倒也不是完全不說，上午頭腦比較清楚的時候，母親會回想一些比較接近現在的事情，以此為話題，但到了下午，母親對這段時期發生的事情就完全失憶。

當我們談起這段時期的事時，母親會歪著頭說：「真有這樣的事嗎？」一開始我們都懷疑她是不是假裝不知道，其實她不是，這些事情在母親腦海裡面要不是早已消失無蹤，就是正在消失中。母親將自己一路走來的漫長人生反過來走，朝著出生的方向走回去，而相關的記憶也按照順序抹除了。有的部分完全消失無存，有些是一點一滴開始逐漸模糊，還有一些則多少留下記憶的片斷。

從上述觀點看來，母親不再談起父親的事，或是一再提年輕時代的事，並非完全不可解。

我在〈花之下〉所描述的，就是這個時期母親的身姿。母親在八十歲那年夏天，結束東京的生活，回返故鄉。那是報紙開始報導東京空氣污染問題的年代，桑子家附近也是車流激增，不管怎麼看，東京已經不是安置老母親的好地方。正好那時本來長住三島⑭的志賀子夫婦，在故鄉的村子獲得工作機會，剛搬回老家定居，非常自然地就把母親託給了他們照顧。桑子照看了母親好幾年已經疲憊不堪，渴望從母親身邊獲得解放；相反志賀子覺得讓自己來照看母親的晚年也不錯。在母親看來，與其住在東京，當然是搬回熟人較多的故鄉長住比較好。

預定離開東京那天下著大雨。前一晚母親先來我家，然後從我家出發。周圍的人都建議延後一天走，可母親不答應。她又非常擔心這些年長住的桑子家門窗有沒有關好，一直到上車前還問個不停，桑子就會說她幾句。每次被指責母親就像一個小女孩一樣臉紅，並沒有像平常那樣惱羞成怒，我想是因為心中充滿了返鄉的喜悅吧。

⓮為靜岡縣中型城市。

二

母親住在東京後面那幾年，偶爾會因為感冒或頭暈而臥床一兩天，大家都認為畢竟年齡到了，可等她搬回故鄉後卻沒有這樣過。她臉色紅潤得教人難以置信，身體每天從早動到晚，忙個不停。遇到有婚喪喜慶她都吵著要去，讓相關的人感到為難。跟她講八十多歲的老人不必再拋頭露面了，她也不聽。不時會有鄰里間的通告板送來家裡，她就拿著出門傳給下一家，且從沒見她走路是慢慢來的。她會這樣，肯定是心裡覺得現在身上負有一個任務，但也不單如此，對她而言，大概快走比晃悠更讓她那堪稱勇健的身體感到暢快吧。由於過目即忘，每次她把通告板送到下一家，家中其他人為了瞭解通告內容，還得特別到鄰居家走一趟，真是愈幫愈忙。

母親就是這樣健康，完全不知疲勞為何物，至少周圍的人都這麼認為。每當家人在客廳聚談喝茶的時候，母親也會出席，瘦小的她陪坐在我們旁邊，視線卻總是落在外面的庭院。一下說小狗跑到院子裡去了，說著就站起來；一下又說庭樹掉葉子了，然後又起身想去處理，根本坐不住。母親每天好幾次拿著掃帚和畚斗到庭院做活，不容即使是一片葉子散落庭院。冬天嚴寒時節家人不讓她到院子裡去，可是沒辦法整天看住她，母親總是趁著大家不注意溜去院子好幾次。苔蘚被冒出地面的霜柱高高頂起的庭院一角，看著母親嬌小背影還在那邊忙著清理塵垢，一定冷得受不了吧，結果反倒像是鍛鍊一樣，連感冒都不曾得過。

搬回故鄉的第一年，她多多少少回復了一點記憶，第二年開始，她又退化到東京時期的狀態，此後以極緩慢的速度惡化。母親不斷講同一件事的次數比過去還更頻繁，每次回去看她，一見面她問的總是同一個問題：路上有沒有塞車？而且一直問個不停，思緒就是沒辦法從這件事轉移到別的事情上面去，看她這樣既令人煩躁，也教人神傷。在母親看來，我返鄉這件事，她最關心的就是車行是否暢順，一旦把這個刻錄到壞掉的唱盤上，就會一次又一次跳針重播。我從故鄉要回東京時也一樣，母親一知道我要走了，與此相關的一些事就被刻錄到唱盤上去，在我真正辭別之前重複放個不停。正因為這樣，家人不管什麼事都盡量避免讓母親知道，以致不管什麼事對母親而言，一定都像是突然發生一樣。我的歸省也好，回東京也罷，在母親都是突發事件。

與如此情況的母親共處的志賀子，在兄妹返鄉的時候，也說出以前桑子說過的同樣的話。志賀子照顧了母親兩年後，大家都看得出她的疲憊，以及明顯的消瘦。更年期的健康障礙當然也是原因，但主要還是為了長期照顧母親心力交瘁。母親每天從早到晚纏著志賀子不放，志賀子在廚房忙，母親就到她身邊站著，志賀子在玄關和客人應對，母親也會過去湊熱鬧，和小孩子黏著母親一模一樣。只要母親來到身邊，志賀子的神經就處於緊張狀態；可要是母親不在身旁沒看到母親的影子，她又得到處去找母親。如果在房子裡面找不到母親，她就屋前屋後地找。因為是在鄉下，房子占地將近七百坪，偌大的庭園變成志賀子的噩夢。

來家裡幫忙的，除了從東京時代就一直照顧母親的同鄉女孩貞代以外，還有前幾年老伴去世守寡的本家嬸嬸，人手不能說不夠，但家裡沒有一個人感到放心，只要人在老家，就一刻無法放鬆。

「奶奶，這個我知道，您已經說過好幾次啦。」

如果是志賀子還好，要是貞代或嬸嬸這樣說，母親就會發火。雖然隨發隨忘，但動氣的時候卻是非常頂真。對親生的孩子好像不會這樣，外人則是不可饒恕。動不動就罵人家「沒有比你更壞的人了」或是「你最可怕了」之類口不擇言的話，教家人聽了也心驚膽跳。這種時候你會看到和老衰不同的一面——有一張老臉的嬌生慣養小女孩。這和我們記憶中年輕時脾性剛烈的母親並無不同，只是稍稍變了一點樣子而已。其實只要她不亂發脾氣或情緒起伏不定，她重複不停講同一件事的時候反而最祥和。當大家都在笑，她不曉得是自己惹人發笑，也跟著大家笑起來，這時候的她簡直就像一個天真無邪、沒有長大的小女孩。每次我返鄉，總是會看見母親的兩種面貌。

搬回故鄉兩三年之間，母親的記憶從七十多歲、六十多歲、五十多歲，直到四十多歲次第消失。比東京時期表現得為更明顯，陸續消失無蹤的往日記憶愈來愈多。

對於自己的老年期也好，中年期也好，既不曾回想亦未嘗說出口。我們想方設法要恢復她某個時期的記憶，設了諸多誘因，多半是毫無效果。

「沒錯、沒錯，好像有那回事的樣子。」

母親說得好像多多少少有想起什麼來，實際上根本什麼都不記得了。

「傷腦筋吶，奶奶。」

每當有人這麼說，她有時就會笑著答道：「真的是傷腦筋啊，沒辦法我就是癡呆嘛。」把周圍的人都嚇了一跳。雖然她說自己癡呆，這並不表示她自己承認或自覺癡呆。對於周圍的人提出各種不妥當的問題造成自己的困擾，她大概抱持著「我只要這樣回答你們就會滿意的吧，那簡單，要多少有多少」的心理。從她未加修飾的話裡面，可以感覺到一種若有若無的反抗。

母親和擔任軍醫的父親一起，曾經分別在東京、金澤、弘前、台北等地生活了一段時間，所有這一切的記憶如今可以說消失殆盡。她自己想不起來，屬於那些時代的母親的過往人生，也跟著被塗抹一空。不過，極為偶然地，當我們提到母親空白時期的一些事情時，在一旁聽到的母親會突然插嘴說道：「對哦，這麼說確實有這回事呢。討厭，那真的是我嗎？會嗎？——話說回來，那是什麼時候的事了？」

當她這麼說的時候，周圍每個人都看得出她臉上帶著一種純真的驚恐表情，仿佛突然發現腳下的懸崖不由得要往後退，她頓時陷入自己的思緒中，神情迷離，頭稍稍歪著，好像正專注地思考著什麼。但也就是一下子，那種表情不見了。可能是因為回憶累人，也或許是根本什麼都想不起來而放棄了吧。

就這樣母親喪失了從七十多歲一直到四十多歲期間的記憶，然而我覺得那些失去的部分並不像是一整個被塗黑，反而比較像罩上一層霧氣般朦朧，有些地方霧氣較濃、有些較淡，此外在霧氣之中還可以隱約看見一些難以清楚辨識的臉孔。東京時代的母親和回歸故鄉之後不同之處，大概就在於霧氣的深淺吧。遮掩母親過往人生的霧氣愈來愈重，範圍也日見擴大了。

我們兄妹幾個對於母親這樣抹消自己人生的方式，理解為她是逐漸倒退回到孩童的時代。常聽人家說，年紀愈大脾氣愈像小孩，我們眼中的母親確實就是如此。她從七十八、九歲左右開始，記憶由近而遠地一點一滴消散，慢慢倒退至更早的時期，好像一年一年變得年輕了起來。

對於這種退返現象最早提出來的是我的妻子美津，那時母親還住在東京。美津的母親活到八十四歲高齡才去世，和我母親不一樣的地方是，岳母一直到很後來頭腦都不可思議地清楚。不過在去世前半年記憶急劇喪失，與此同時快速地退回孩童時期。當周邊的人注意到時，她已經開始用一種獨特的撒嬌語氣，呼喚小時候非常照顧她的姊姊名字。到她死前兩三天，竟然將手指放入口中吸吮，模仿吃奶的動作。

「結果都一樣，只不過我媽媽是一下變回嬰兒，而奶奶則是節奏比較慢。如果要回到嬰兒時期，看樣子起碼還要二十年吧。」美津說。

起初我對美津的話半信半疑，但母親回到故鄉後，我、弟弟和兩個妹妹很自然開始蒐集周遭聽來的各種相關訊息。也因為家有老母，不管誰碰到我們都會主動談到老人的話題。

有段時期，我們兄妹幾個在老家常常交換彼此聽來的故事。

弟弟說，沼津⑮郊區的農村有一個八十八歲的老婆婆，過世前兩三年打起手毬⑯，也很愛玩扔沙包遊戲，現在咱們奶奶大概也要玩鈕扣彈珠了吧。桑子也有從美容院客人那裡聽來的故事。也是一個八十幾歲的老婆婆，去世前兩三年開始，用餐時間一到就等不及，兩手捂著眼睛大聲抽泣。這類的故事非常多。雖然大多是老婆婆的，但也有關於老公公的。我從在雜誌社任職的熟人那裡聽說，他父親高壽九十，到去世那年已經完全退化成一個小孩子，有一天突然把一些衣物用包袱一捆離家出走。家人找到他的時候問他想去哪裡，他說要回家。原來老人是人家的養子，想要回鄰村自己的原生家庭去。聽了這個故事不禁讓人心頭一凜，不得不重新思考所謂人的一生這件事。

「每一個，突然間都變回了小孩子哩。但是我們家的奶奶，有時像是十歲左右，

⑮靜岡縣著名港市、靜養地。

⑯日文漢字作「手鞠」，球形玩具，大小介於壘球和手球之間，以具彈性的蕨類纖維為芯，外面以絲線做幾何形卷繞，過去是春節才玩的遊戲。

有時又像三十幾歲。像她談到俊馬先生的時候，應該是落在十歲附近，可是最常提起的還是三十幾歲吧，那時期的事情說得最多了。」

志賀子一說完，桑子接著說：「住東京的時期好像也是三十來歲時的記憶特別多，如果現在也一樣的話，那她還是停留在三十前後。這可不得了啦，到哪天才會變成嬰兒啊？」

孩子們也湊一腳，你一句我一句的：那拜託退回到二十歲左右，或是，如果退到十五、六歲也許就不會有現在這些麻煩了……等等。

這時志賀子的丈夫明夫說話了。每天和岳母生活在一起的他自有看法。

「奶奶的心境舉止落在幾歲雖然不清楚，但是也有單從年齡難以判斷的變化，在這一年之間可以明顯看得出來。奶奶對世上的事已經徹徹底底沒有感覺了，認不出誰是誰來也還好，主要是她對來家裡拜訪的客人幾乎毫無反應，以前是不會這樣的。唯獨碰到年輕女孩的時候，不拘對方是誰，一定問人家結婚了沒，如果已婚，就會追問生小孩了沒，對女性除了結婚和生育，其他一概不關心，此外就剩下你們也知道的奠儀的事了。生死事大，可她一聽到有人死了，馬上就去找香奠帳；認識的人死了臉上毫無悲傷的表情，只想到奠儀。」

聽明夫這麼說，想想也真是這樣。母親對致贈死者家屬奠儀表現出異常的執著，是在東京時代的後幾年開始的，但沒有最近這麼誇張，幾乎是機械式的反應，聽到哪裡的什麼人病得很重，就把人家當做必死無疑，拿出香奠帳，確認必須回送的金額。不管看過幾次，還是一遍又一遍地確認；儘管確定了金額，但是以前和現在幣值早就不一樣了，她也沒有能力去換算。所以對她而言，看不看香奠帳根本沒什麼差別，可是不這樣她就坐立難安。

「拿了人家的奠儀，回送同樣的金額，我想確實是人與人之間借貸關係中最基本的吧。雖然覺得怪怪的，但也言之成理。人不就是這樣：出生、結婚、生育、死亡，仔細想想人生不過是這麼回事。這和三十歲什麼的並沒有關係，和返老還童也沒有關係。這一切，究竟該怎麼說呢？」

聽明夫這樣講，我們也一時無言。做人子女的看自己母親難免多會往好處想，女婿明夫對岳母的觀點，則是冷眼旁觀，沒放過什麼細節，於是他可以正確地捕捉一個瀕臨失智的老太婆所作所為。我突然覺得經明夫這麼說，我對母親的老衰不得不加以重新思考。明夫說「這一切，究竟該怎麼說呢」，確實，到底是怎麼一回事呢？想像母親的頭腦僅僅是一個提供壞唱盤轉動的地方，此外，或許還有個小風扇在那裡轉啊轉，把母親人生中不必要的夾雜物一一吹掉。開始這樣思考後，再看母親，就會看到不一樣的事。——對我而言最重要的事情，我會一個個拿出來檢視，然後一次又一次說個不停。一直說個不停沒什麼要緊吧？你們老說我丟三落四的，那是因為我想把那些不足掛齒的瑣瑣碎碎都忘掉啊。有什麼事必須牢牢記住不能拋到腦後的？雖然去了台北、金澤、弘前好多地方，但都沒什麼特別啊，我把它們全都忘得一乾二淨了。關於你們父親的種種我也不記得了。當然，結縭一生，不能說都沒有歡樂的時刻，但愉快也好、傷悲也好，畢竟都是夢幻泡影，忘掉也不覺得有什麼可惜。把別人都忘了，記憶一片空白，這有什麼好大驚小怪的？男人我是不太清楚，但女人至關重大的兩件事就是嫁人和生小孩了，所以女人才會老問這類的問題，要不然要問什麼呢？奠儀的禮數就是要還，這是我們遇到不幸的時候拿的錢，人家如果遇到同樣的狀況，也要懂得回報人家。別人家裡有人過世了，我們家裡有人走了，這時致贈奠儀或收受奠儀，日子久了回頭一看沒有誰欠誰、也沒有人占便宜，但這不是重點，重要的是人情義理。等我也死了，我可不想在冥府還被說是欠了誰一份奠儀哪。

因為明夫說的那些話，讓我想了很多關於母親的事，不過志賀子關於母親和奠儀的特殊看法，又和她老公不一樣。

「奶奶不是動不動就為了奠儀而吵鬧不休嗎？最近啊我都把香奠帳藏在衣櫃中奶奶找不到的地方。你們知道為什麼？以前欠人家的奠儀之情一旦償還了，奶奶就像洩了氣一樣仿佛隨時要走。奶奶啊，她根本是被那些還沒償還的奠儀像是懸絲一樣吊著呢。」志賀子說。

三

母親在老家和志賀子一起生活進入第四年之時，小母親幾歲的弟弟啟一從美國歸來。啟一是我唯一在世的舅舅。他在明治末年二十一歲的時候渡美，二次大戰前於舊金山經營過美術商會、開過旅館，以移民而言基本上算是成功人士，可是美、日開戰後他和其他在美日本人都被送進集中營，戰後他放棄在舊金山所有事業的權利，移居紐約，在白人經營的旅館擔任經理，按他自己的說法就是，以此度過祖國戰敗後的餘生。

母親的兄弟姊妹共八人，她是長姊，啟一是長子，還有最小的妹妹阿牧，三人之外的盡赴他界了，也就是八姊弟中只剩下最大的兩位和最小的一位。啟一舅舅的回國多少和我有關。舅舅和舅媽光江都持有美國國籍，沒有子嗣，想要在美國終老是毫無問題的，但在我一次美國之行中順道前往他們在紐約郊外的公寓拜訪時，舅舅曾經就接下來有限的餘生應該回日本還是留在美國好，問過我的意見，我沒辦法給他一個自認為妥切的答覆。
舅舅對他生長的故鄉伊豆有種近乎憧憬的思念，可是他已經在美國生活了半個多世紀，如今年過古稀，身分又是美國人，回日本長住的想法還是讓我感到不安。就我所見，舅舅、舅媽在紐約的生活確實非常寂寞，回到老家多少可以得到一些慰藉，那是當然的。不過一方面有住房的問題，另一方面返鄉定居說來簡單，肯定會遇到美國紐約的生活難以想像的瑣碎麻煩，而且只靠有限的退休金度日，經濟上到底在哪邊生活比較有利，也很難說。
拜訪舅舅夫妻翌年，我又有機會前往美國，於是和他們睽違一年後再度於紐約公寓見了面，那時舅舅已經下定決心要回日本。
「何況，你母親還在不是嗎？」舅舅說。
我想母親還健在這件事對啟一舅舅歸國的決定，應該起了相當大的作用。舅舅在美國五十多年只回過一次日本，對當年尚稱年輕的姊姊的身影，想必念念不忘。我提醒他母親已經不復當年，如今是垂垂老矣。

「人老了誰都一樣，我自己也是老態龍鍾啦，我可以做她聊天的對象嘛。」舅舅說。

舅舅連日思夜想的日本生活中老姊姊要坐的椅子都準備好了。或許長年旅居國外的關係，舅舅的外表看起來和白人沒什麼兩樣，思考模式也講究符合理性，而且帶有宗教情懷。

就在那年秋天，舅舅夫婦結束美國的生活回到故鄉伊豆定居，我是他們在日本的保證人。

舅舅在故鄉安頓好之後，很快建了一棟巒漂亮的洋式住宅搬了進去，和母親住的地方中間隔著四、五軒農家，但母親走來也就是一兩分鐘的距離。舅舅夫妻每天早上在小小的餐廳將麵包烤得焦黑，再用刀子仔細把燒焦的地方刮掉，然後塗上厚厚奶油來吃。一邊用餐一邊讀報，早餐吃完一個上午也就過了。鄰居和親戚們都稱呼舅舅夫婦為美國仔先生、美國仔夫人[17]。因為他們有美國籍，這樣子稱呼並不奇怪，但母親對突然出現眼前自稱是她弟弟的人，被叫做美國仔先生卻無法接受。並不是針對這個稱呼有反感，而是一個被這麼叫的人竟然是自己的弟弟，周遭的人也以這樣的身分接納他，母親一方面無法理解，一方面也覺得很不以為然。

一直到舅舅夫妻實際回國為止，母親等他們的過程也是很讓人傷腦筋。啟一要回來這件事刻錄在唱盤上，大概有半年時間每天迴轉重複播個不停。母親早年就對弟妹之中年紀輕輕即遠渡重洋的啟一最有好感。如果啟一在的話——這是母親的口頭禪，這個啟一就要回來了，母親的興奮之情不是周邊眾人所以為的那種程度而已。可是等到舅舅夫婦真的回來了，母親從一開始就不是很開心，她打從心裡懷疑遠道歸來的這個人是真正的啟一。

母親雖然每天都和過來串門子的舅舅聊天、喝茶，可是她基本上是把這個人當做新認識的好朋友，套套交情沒問題，如果說他是自己的親弟弟，那個她一輩子都很

⑰原文為「アメリカさん」（America-San），「さん」為日語中對人常用敬稱，無性別之分，在中文很難對譯。原文語感帶有親切、半開玩笑的意味。

喜歡的啟一，遇到事情總是讓她寄予厚望的弟弟，她是無法接受的。

舅舅一開始也是對母親非常親熱，只是母親的老衰程度遠超乎他的想像，同樣一件事翻來覆去說個不停，時間一久，三次裡面總有一次忍不住要講一些重話丟回去。儘管如此，弟弟對姊姊的孺慕之情，和孩子對母親的是不一樣的，每當我或桑子回去的時候，舅舅都會幫母親開脫。

「奶奶最近不太會同樣事情一直講不停了哦。」他說。

為了不讓我們看到母親失智的狼狽模樣，他有時會小聲斥責一下母親，有時則會糾正母親。姊弟兩老如此的關係看在我們眼裡，有點不可思議。舅舅先是耐著性子事事順著母親，等耐心用完忍無可忍了便會發火，「我再也不要見到你這個無可理喻的人了！」然後揚長而去。比起我們這幾個孩子，舅舅罵起母親說的話可重多了。

舅舅對母親是真情流露，母親則從不叫舅舅名字，淨是美國仔先生、美國仔先生的叫，還多少帶點輕蔑，常常背著他說「那個美國仔先生啊……」或「要不是那個美國仔先生的話……」。就算這樣，一旦哪天沒看到美國仔先生，她就會一次次去美國仔先生家找人，而且才去過馬上就忘，轉身又出門去找。

「到底奶奶知不知道美國的舅舅就是啟一呢？」

每次回去探視母親，我都忍不住問，每天和母親朝暮相處的志賀子也說不出個所以然來。有時她說母親好像知道那就是她的弟弟啟一，有時又說應該不會。不管怎麼說，這對老姊弟的互動，在誰眼裡看來都是舅舅比較委屈。舅舅總是幫母親解圍，到最後受不了大發脾氣，和母親吵起來。舅舅好像是為了做這些事才回日本來的，每天早上舅舅穿著燙得筆挺的西裝褲，打著領帶，套件毛衣，穿上皮鞋，一派瀟灑地來訪，不生氣的時候就陪著母親，發脾氣了怎麼也不進門，在庭院繞幾圈散步就回去了。當舅舅不進門在外頭散步的時候，母親也會穿上木屐出去請他，這時候舅舅都會一副視而不見的模樣，想避開，母親可不是省油的燈，走起路來比舅舅快，兩三下就追上了，還追到舅舅前面去。我常看見舅舅和母親站在後院蜜柑樹旁談話的身影，有時像是仇人對峙，有時則只是普通老姊弟的輕聲細語。這光景只能說是母親交了一個非常談得來的茶友。

事情發生在舅舅歸國進入第二年的去年夏天。突然接到志賀子打到我家的電話。那是明夫因為車禍住院，後來雖出院了，但還需要藉助拐杖走路的時期。志賀子對母親火大得不得了。

她長期照料母親已經累得不成人形。如果只是這樣，忍耐一下也就過去了，但母親對養病中的明夫，也不知怎麼想的，一見面就冷言冷語，淨說些難聽的話。「今天早上也是這樣，『每天在家裡無所事事，真是好命啊』。明夫雖然不當一回事，但說他不會不高興也是騙人的。當然她頭腦已經受損我們也是無可奈何，可如果只是對自己親生的孩子這樣就罷了，正因為知道人家是女婿才說出令人難堪的話，說她頭腦不清，在這種事上她可分得很清楚呢。要是我為此發脾氣，她就說這是我的家，你們可以搬出去啊。事情要這麼簡單就好了，搬出去我也落得輕鬆，就是不能一走了之，弄得我疲憊不堪，我覺得實在沒有力氣再照顧母親了。何況最近母親老衰得更加嚴重，一刻也不能分神。這不是重點，主要是現在明夫必須再住院半個月接受第二次手術，我也跟著得每天到醫院看顧，如此一來面臨的問題就是母親怎麼辦。來幫忙的女孩貞代和嬸嬸兩個人是應付不來的，至少在明夫住院期間，看你們誰能夠接母親過去住一下。」

這是志賀子的來電內容。接電話的是我，聽筒遠方傳來志賀子的聲音，不用說語氣當然是非常激動，母親把自己的女兒志賀子惹惱了。當晚我把弟弟和桑子叫到我家，一起商量母親的問題。

「奶奶啊，終於把姊姊也惹毛了，能夠撐到今天真是難為姊姊了。」桑子說。

聽桑子這麼說，弟弟接著說道：「爆發了。當然要爆發，每天這樣子誰受得了？」問題是母親願不願意到東京來，其實不管她願不願意都得把她接過來。這和平日不一樣，明夫的傷勢也不是短期間可以痊癒，何況我們將母親放在志賀子那邊這麼多年，如今必須站在志賀子夫婦的立場替他們想想。

思前想後討論的結果，是先將母親接到東京我家來，然後再送到輕井澤⑱去。我因為工作需要，在輕井澤有間專為避暑用的房子，如果能夠將母親帶去那裡，輕井澤夏天的生活說不定很合母親的意，這是大家一致的期待。

商量出結果後一兩天，桑子和弟弟一起回老家接母親。我家則是比往年略早啟用輕井澤的山莊，管家和女兒芳子先行前往整理做準備。

弟弟和妹妹將母親帶到我東京的家中時，母親老邁衰頹的模樣教我幾乎認不出來。我認為可能是一路搭了四個小時車子太累人了，當晚請她早早就寢，讓在故鄉一直照顧她、這次也一同前來的貞代和桑子兩人陪她睡。不過母親幾乎一晚沒睡熟過，動不動就醒來，接著便抱著行李要下樓。整個晚上她念念有詞，吵著要回家。

天濛濛亮的時候母親總算睡著了，睡到十點左右才起身下樓，這時她看起來已經沒有昨天那樣的疲態，「庭院挺漂亮的」，心情不錯還有餘裕讚美庭院。可一到下午就不行了，母親一心要回老家，纏著桑子吵個不休，還追問桑子說，如果不早點出發的話天黑前不就到不了家。即使苦口婆心跟她解釋不得不接她上京的原因，她一概不聽。唯有回家的一念佔領了她全部的心，連容貌都變了。

桑子有工作在身，沒辦法一直在旁照顧母親，在我家待了兩三天之後就回去了，只偶爾會過來照看一下。桑子不在的時候，她的角色則由我的妻子美津頂替，沒想到只得到反效果：在母親眼中，她之所以會落到如今的處境，都是美津策畫的結果。現在變成母親整天纏著貞代，就像對桑子一樣，不停吵著要回家。

母親對我多少有些顧忌，在我面前會表現得好像她並沒有那麼急著想回去，但還是希望最好今天或明天就能讓她回家。

到了晚上，桑子或弟弟誰比較方便就會過來陪母親；有時兩個人也會一起出現。一開始大家都以為只要她不再抗拒，應該就會習慣東京的生活，很快我們都覺悟到這樣的期待只是空想。到最後每個人都覺得，她是這麼的想回老家，使是把她留下來實在太可憐了，就在這時女兒從輕井澤打電話來了。她說連日的陰雨已經停了，今天開始有如夏日般的驕陽普照，可以考慮把奶奶帶過來了。我告訴她母親在東京

⑱群馬縣山城，海拔九百多公尺，為著名避暑勝地。

的狀況，本來我們的構想就是要送她去輕井澤，這樣做當然很好，可是到了那邊要照顧她也是夠瞧的，必須有相當的心理準備。

聽我這麼說，女兒芳子答道：「奶奶我會照顧。我覺得基本上大家並沒有設身處地為奶奶想，才會讓奶奶的脾氣變得那麼拗。我會處理得很好的，我本來就喜歡奶奶，奶奶也很喜歡我呢。總之要照顧好八十四歲的老太太，就必須讓自己的心情也變得跟八十四歲一樣。」

我從沒有聽過女兒這種說話的語氣，著實嚇了一跳。正就讀大學的女兒，對做為父親的我照顧老母的態度，發出可說是斥責的批判。不過，同樣從女兒的講話中，可以聽得出來也有一種「好，由我來接手照顧大家都束手無策的祖母吧，我一定會將她照顧得好好的」充滿積極希望的態度。問題是這樣的積極態度可以持續多久呢？

那天晚上，雖不確定會有什麼反應，還是得硬著頭皮跟母親說要去輕井澤的事。已經是研究生的長子單刀直入劈頭就說：「奶奶，到輕井澤去吧，那裡非常舒服哦。」
「輕井澤嗎？不錯啊，在那裡住個幾天，應該是很享受吧。」母親說。
母親以前待在東京的桑子家時，曾經去輕井澤住過幾天，她好像還記得。
桑子趕快打鐵趁熱：「那，過兩三天我們就去輕井澤吧。」
「好啊。」母親很平靜地答道，並且看起來一副很開心要去輕井澤的樣子。
輕井澤之行，經過種種考量後，決定開車過去，然後讓個性體貼的桑子和弟弟陪母親同車照料。沒想到臨上車時，母親突然念念有詞說回老家不帶點伴手禮怎麼可以。
桑子告訴她：「我們不是回伊豆，是要去輕井澤呢。」
聽桑子這麼說，母親立刻回道：「開什麼玩笑，誰要去輕井澤啊！我可是要回老家，其他地方我一概不去。」
桑子和弟弟從兩邊半推半抱讓母親坐上了車子。
「不要擔心。」桑子對送行的我們幾個說，然後轉頭對著駕駛座方向大聲說道：

「請載我們去老家所在的輕井澤吧！」

晚個兩天，我和貞代也一起前往輕井澤。抵達輕井澤時間已經過了中午。把車子停在大門外面，我們沿著兩邊都是樹籬的狹仄陡坡走上去，映入眼簾的是母親蹲在庭院拔草的身影。一旁芳子躺在戶外用的藤椅上休息，弟弟趴在涼席上日光浴，桑子則坐在看得見所有人的露台椅子上讀書，面向著我和貞代的母親容色非常平靜。看到輕井澤這邊似乎沒什麼狀況發生，我鬆了口氣。

「奶奶今天心情很不錯哦。昨天有點恍恍惚惚，今天卻變得非常利索，對不對啊？」

桑子一半也是要說給母親聽。前天來到輕井澤，因為長程搭車的疲憊，母親陷入輕微的錯亂狀態，對自己下車的地方不是老家而抓狂，一整晚都沒睡好，教陪在一旁的桑子和芳子傷透了腦筋。昨天上午情況回穩，和大家在房子四周散步，還說來到這麼涼爽的地方真好；可一到下午，雖然沒有前天那般嚴重，但還是一個勁兒要回老家，讓大家手忙腳亂。

「今天算是最好了，已經過了中午，看起來情況還挺穩定的。奶奶對於非得住在這裡這件事大概也認命了。何況不管怎樣這裡就是涼爽，晚上可以睡得比較好，昨天晚上她睡得很甜哦。或許是這樣，頭腦也得到了休息吧。」芳子說道。

那天一直到晚上，母親都沒有再說過要回故鄉的話。雖然一如以往，同樣的話一直重播，但我們現在對唱盤跳針已經見怪不怪了，只要一直用同樣的話和她對答就好，說不在乎是騙人的，但總比她動不動就抱著行李吵著要回家好應付多了。從母親嘴裡一直聽到同樣的話，而我們也以同樣一套話回應她，問題只在我們忍耐的限度罷了；如果她說要回老家，就變成期望和否定的問題，身邊每一個人都不得不與一個八十四歲的老婆婆對立。既然說服她是不可能的，剩下的就是「我要回去」和「不可以」而已。在母親看來，會覺得自己這麼想回家，為什麼硬不准她回去；我們有我們的難言之苦，不能回去的理由想盡辦法解釋到口乾舌燥，為什麼母親就是完全聽不進去。至於讓我們幾個最感到心虛而困惑的，是對於非得把母親硬留下來的自信愈來愈淡薄，幾近於無了。母親說要回老家時的容顏，和一個亟思回家此外一切都不想聽的幼兒沒什麼兩樣。她整個小小身軀都在訴說自己的願望，想要回家並不只是從嘴裡，她的雙眼也好、側臉也好，甚至連背部都在大聲地說「我要回家」。

我到那裡三天之後，母親心情終於平穩下來。或許就像芳子說的，母親徹底放棄了回歸老家的念頭，也可能是習慣了輕井澤的作息，開始覺得在這裡的生活也不錯的緣故。

我抵達輕井澤的第四天，弟弟、桑子和管家回東京去了。接下來就是我、芳子，以及長年照顧母親的貞代三個人陪著母親。桑子他們回去的時候，母親還送他們到大門，等車子開走後，她說：「終於可以清靜下來了，真好、真好。」

芳子有點錯愕地說：「奶奶怎麼淨說些不近情理的話。」

「可是，真的是這樣啊！」母親笑著說：「如果你也想走的話，回去沒關係哦。」

「我想回去啊，可是走不了吶，我還得留下來照顧奶奶呢。」

「不用客套啦。」

「是真的，奶奶變成乖乖聽話的奶奶之前，我和阿貞都會留下來陪奶奶的。」

「這是什麼話！你是因為回東京必須讀書才不想回去的吧。」

「哎喲，好刻薄！」

聽到祖孫倆這樣的對話，我覺得情況逐漸好轉，沒什麼好擔心了。

可是到了那天傍晚，母親開始將日常用品裝進手提袋，然後又一直吵著要回家。芳子和貞代為了分散母親的注意力，還帶她出去散步，但沒什麼效果。

之後母親的退化狀態時好時壞。只要歸鄉的念頭一上心，就一個勁兒吵著要回去，不容商量，還想出一些奇奇怪怪的理由想要說服我們。可有時候就會毫無徵兆地不再提這件事，好像原來緊揪著她的心魔突然放手，然後她會若無其事地說：

「啊，再過不久，這裡就要入秋了。」

她專心傾聽庭院草叢中秋蟲叫聲的側臉，有種難以形容的沉靜，教人深受感動。

有一天，母親和芳子、貞代兩個女孩出去散步回來，突然對我說：剛剛有一個女人向我們問路，我叫她跟著我們好給她指路，可是她沒有跟來，她現在應該很無助吧。

「她不是在問路啦，她根本沒和我們講話啊，那只是我們自己在猜她或許是在找路而已。」芳子說。

母親聽了正色說道：「才不是，她真的向我問了路。」

「沒這回事啦。我們確實遇到一個女子，可是她並沒有向我們問路啊。」貞代也說。但母親不同意。

「哪裡，她真的問了。現在她一定很苦惱，可憐啊。」

從母親的表情看來，她的確對自己的想法深信不疑。吃晚飯的時候，她不止一回地自言自語道：「真可憐，不知道現在怎樣了。」語氣聽起來她是真的為那個女子感到心痛。

吃過晚飯不久，芳子跟我們說母親不見了。我和貞代也出去庭院找了一圈，到處都看不到她的身影。我叫貞代往前門方向找，自己則從後門那邊的小路出去。這一帶多是佔地極廣的別墅，散落在綠意盎然的森林中，其間巷弄小道交織，雖不是私人所有，可是連白天都少有人通行。我每到一個路口，就不知道要往哪個方向找去。母親到底是去了哪裡，我完全沒有頭緒。

就在這時，我發現母親正在一條小路的遠方快走的身影。小路兩側聳立著冷杉和羅漢松之類的林木，整條小路有如用尺規畫過一樣筆直，遠處看起來變得尖細。母親就是出現在這樣一條筆直延伸小路的另一頭。她有時停下來，接著又快步前進。這樣的母親，雖說有些不可思議，但給我的感覺就是一個敏捷的生物，甚至還帶著野性。

追上母親後，我什麼都沒說，只有請她回家。母親照例又是一臉害羞的模樣，說：「到底走到哪裡去了，那個女人？」

這件事帶給我相當大的震撼，因為這是母親產生幻覺的開始。不過，如果要說是幻覺，那麼母親心心念念想要回去的故鄉老家，會不會在母親的腦中翻攪的，其實都只是可以名之為幻覺的東西而已？

關於問路女人的事件，當天就從母親腦中消失，第二天母親又安靜了下來，和芳子、貞代到庭院活動，或是一起出去散步。幻覺事件對母親自己大概也是一大衝擊，因此反而讓母親的心情恢復了正常。從這次離開故鄉老家至今，母親終於可以過幾天平靜安穩的日子。期間有一天，我從客廳看到露臺上被芳子和貞代圍著的母親。

——阿蘇秋色深，夕照映孤寂⑲——

母親似唱似念，然後好像在回想著什麼。

「奶奶，您知道的事可真多啊。」我走過去對她說道。

芳子馬上附和著說：「奶奶知道的才多呢。除了孝女白菊，也知道石童丸哦。」

然後催促母親說：「來，奶奶，念給爸爸聽聽看。」

於是母親就念誦起《石童丸和讚》⑳開頭的一小段。

——聽聞父在高野山……日日懷憂居無定——

很快就停了下來，說：「全都忘光了。」她歪著頭似乎在想什麼，突然又抬起頭來，「對，有了，我還記得《雅加達書簡》㉑哦。——再再拜申。宜先稟報不能忘：

為父親大人、祖母大人購荷蘭布料五十碼……」

母親吟誦如歌，周圍的人都靜默無聲。

「接下來呢？」我催促她。

⑲明治時代歌人落合直文根據哲學家井上哲次郎長篇漢詩〈孝女白菊詩〉改寫為新體詩形式的〈孝女白菊之歌〉，描寫孝女白菊對參加西南戰爭而行蹤不明的父親思慕之情，感動當時的社會大眾，尤其是少年少女四處傳頌，也曾被翻譯為德文和英文。對應此兩句的漢詩原文為「阿蘇山下荒村晚，夕陽欲沉鳥爭返」。

⑳石童丸為日本中世佛教說唱作品《苅萱》中人物，描述一男子繁氏因妻妾爭寵，頓感人心醜惡、世事無常而出家，號苅萱道心；他的兒子石童丸因為思念父親，和母親踏上追尋之旅。石童丸沿途聽說父親可能在高野山修行，但那裡禁止女性入境，於是讓母親留在山下，一個人上山。石童丸在高野山遇到一個號等阿的法師，告訴他父親已死，石童丸乃失望下山。等阿其實就是苅萱道心。石童丸回到山下，母親已因不堪旅途勞累去世。孑然一身的石童丸於是再上高野山，在等阿法師座下修行。《石童丸和讚》是根據《苅萱》故事改編的謠曲。

㉑《雅加達書簡》乃十七世紀江戶初期，因鎖國政策而被驅逐出境的混血兒阿春從巴達維亞（今雅加達）寄回故鄉的書簡合集，裡面充滿望鄉的情懷而感動時人。也有人主張書信是偽作。

「真的什麼也不記得了。只有孝女白菊、石童丸，對，還有《雅加達書簡》，就這些。」母親平靜地說。

「奶奶淨記得些悲傷的事情吶。」

聽芳子這麼說，母親也沒有特別的反應，只重複說道：「真的什麼也不記得了。」那是母親每次絞盡腦汁也想不出什麼來時，一貫的表情。

「愛別離苦[22]吧。」我脫口而出，把自己嚇了一跳。我想緊緊揪住母親心的是愛別離苦沒錯，母親讓自己深深陷入愛別離苦的戲目裡面了。母親亟欲回歸故鄉的心情，和《雅加達書簡》作者望鄉執念的無奈和苦澀，不正一樣嗎？母親對不辨方向、日暮途窮女子的憐憫之情，不也可以說和石童丸或孝女白菊歌謠中，籠罩年輕母親內心深處的永恆悲涼相似嗎？

前面提到妹婿明夫曾說母親的內心對身外的事物已經漸失關心之情，如今只對結婚、生育和死亡有感；從這個角度看來，或許現在還能影響母親內心的，只剩下人生的愛別離苦亦未可知。人的一生無非結婚、生育和死亡，而如此這般的人生中，無論如何也無法抹消、直到最後仍然留存的人與人之間的印記，就是愛別離苦。母親在世八十餘年，除了這些之外恐怕再沒什麼會繼續沾粘她的精神與肉體。母親在現老衰相時偶有憎恨的情緒，但都是一時的，轉眼即消。在母親那輕如枯葉的身體和壞毀的頭腦中，依舊活躍不輟的似乎是剔除了所有夾雜物、宛如蒸餾水般澄澈、極度素樸的情感。

那個晚上，我和來訪的客人在陽臺對飲威士忌。九點左右客人告辭，不意又來了三位客人。我陪他們繼續喝，等這批客人走的時候，已是凌晨兩點。

我送客人出門後再回到陽臺，看到母親穿著睡衣，和同樣穿著睡袍的芳子，正在為睡或不睡而爭論不休。母親好像睡不著，只披著一件外套就想出來陽臺，外頭夜涼如水，我不讓她出來。我們移轉到起居室的沙發上，由我暫時陪著母親。在那裡

㉒佛經用語，人生八苦之一。「八苦」即生苦、老苦、病苦、死苦、求不得苦、愛別離苦、怨憎會苦、五陰熾盛苦。

我又倒威士忌來喝。

「奶奶啊，同樣的事說多少次都沒關係，反正我喝醉了，不會有什麼反應。」我對母親說。

坦白說，當時的我確實是那樣的心情。多少年了我不曾和母親就像一般人那樣放下一切，虛心對坐，反而老在想怎樣才不用聽到母親一而再再而三、顛三倒四的說話。不僅如此，我還必須非常用力，才能將斥責母親叫她不要再嘮叨反覆的想法壓制住，不會脫口而出。這樣的我和母親面對面坐著，無非是和自己對抗的開始。但這晚由於微醺之故，讓我有一種終於可以和母親坦然對坐的心情，所以才說出那些話來。

沒想到第二天醒來，芳子卻對我說：「昨晚爸爸喝醉了對不對？知道奶奶怎麼跟我說嗎？她說這傢伙真是個怪人，一樣的話老說個不停。」

我聽了不禁大笑。我已經不記得自己說了什麼話，當然也對母親講的話毫無印象。

「我很懷疑奶奶是不是還會把爸爸當做她自己的小孩。她老說這傢伙、這傢伙，感覺挺見外的。」芳子又說。

母親待在輕井澤期間，每隔五、六天志賀子都會從老家那邊打電話過來。對志賀子來說，雖然已經將母親託給我們照顧，但母親不在她身邊，還是感到不放心。

「八月底前明夫大概就可以出院了，如果能夠幫忙照顧奶奶到九月中旬，那就太好了。輕井澤冷得比較早，我會找時間把奶奶的保暖衣物送過去。」

志賀子不知道第幾次打電話來的時候對我說。最後她丟下一句「我聽到奶奶的聲音了」，隨即掛斷電話。

但別說是九月中旬，母親八月都還沒過半就回老家去了。一直陪伴母親身邊的貞代因為有事不得不先回故鄉，這件事對母親產生了強烈的影響。母親對這類事情的直覺之靈敏超乎想像，當她察覺貞代近日好像會一個人先離開這個家之後，《雅加達書簡》作者強烈的望鄉之念即執拗地糾纏著母親。沒有人知道母親是如何感知貞代的事。她在提包內裝滿物品，有時則是沒換外出服即空著手往巴士站走去。已經沒有人可以阻止得了她了。到最後她甚至還說若一定要她住在這樣的地方，不如死了算。對於祖母的這番話，芳子的反應也很絕。

「我要跟奶奶絕交！」她的態度很認真。

沒想到母親竟回她：「我也要跟你 bye bye!」

母親超乎我們想像的用語把大家都嚇了一跳。

桑子和弟弟在八月中旬前來，將母親接回老家。儘管這樣母親還是在輕井澤待了將近一個月。母親離去之後，有一天芳子在盥洗室的鏡子前面說道：「志賀子姑姑在電話中說奶奶變胖了；託她的福，我好像瘦了一些。」

四

母親回到老家後立刻平靜下來，不吵不鬧。看來是因為在她吵著要回家吵得最凶的時候，讓她實現了願望，以致一時再沒有什麼要求，也不再糾纏不休。

我在入秋後離開輕井澤，直接回老家看母親。看到她的時候真想調侃幾句：已經回到這裡，應該沒得抱怨了吧。然而根本不是我想的那樣，母親對前往東京以及後來被帶到輕井澤的事，完全沒有記憶。

「輕井澤嗎？如果是那麼好的地方，我也會開開心心跟你們去哦。」母親說。

我問她是不是真的都沒有印象，她說根本沒去過的地方，哪裡談得上有沒有印象。

「那麼，以前去過的印象，呃，你以前去過吧？」

「哪有？我根本沒去過啊。從以前就一直想去，可是到了這把年紀……」

母親連好幾年前去過的記憶也一片空白。她到東京的時候應該還記得，但僅有的一點印象也是瞬間即逝。倒是身體變得硬朗多了，臉上的表情和輕井澤有一段時期比起來，簡直開朗得判若兩人。倒是母親不在期間，美國仔先生啟一舅舅的身體卻整個衰弱下來。現在連走路都有點困難，想過來看看母親都不太容易。來一趟的時間夠母親來回走個好幾趟，而且還得由舅媽扶著。

「要是奶奶的腳分給我一點多好啊。」啟一舅舅每次來的時候總是這麼說。

舅舅的腳不行了以後不常到我們家，母親則是每天要去美國仔先生家兩三次。有時不知道發生什麼事被講了兩句，就氣呼呼的回來，說再也不去了，可不到一個鐘頭又忘個精光，出門去找人家。只要是在老家那邊，母親的行動可說是隨心所欲，稍稍誇張點說，根本就是旁若無人。

「她已經完全變成一個任性的女孩了。都不能說她，反正說也不聽。」志賀子說。

秋末我們辦了一個法要，是阿綉奶奶逝世五十周年忌。我從幼年時代即離開父母身邊，由阿綉奶奶撫養長大，對我而言，她更像是我的母親。雖說是奶奶，其實並沒有血緣關係，她原是外曾祖父納的妾；外曾祖父過世後，她的戶口歸入我們家，並自立門戶，我母親在戶籍登記上算是她的養女。由於有這層複雜的關係，年輕時代的母親對這位可說是平靜家庭的擾亂者、戶籍上闖入者的養母，不曾有什麼好臉色，兩個人一直到最後都處不來。

儘管是阿綉奶奶逝世五十周年忌，可是母親對這位她自始至終沒什麼好感的養母的事，早已忘得一乾二淨。

「哦，是嗎，阿綉女士的法要啊。」

嘴上雖是這麼說，卻已經記不得這個曾經與自己對立名叫阿綉的女性。

想到這五十年的歲月，我不無感慨。阿綉奶奶過世的時候我是個小學六年生，至今還清楚記得出殯那天的情景。其後至今，想到自己五十年來一步一腳印，不可不謂漫長，但相比母親已經把舊日恩怨之念徹底遺忘，那才真叫做漫漫長路啊。

對現在的母親而言，是誰的法要都無所謂。只要人多熱鬧她似乎就很開心，對陸續出現的親友忙不迭地表現她的好客之情：「哎呀，百忙之中抽空前來，真是感謝啊。」

每個客人也都會對她說：「奶奶的身體總是這麼硬朗，真是太好了。」有人這麼說是出自肺腑，但也有人背後還會加一句：「哎，也只有身體硬朗了……」

美國仔先生啟一舅舅在法要結束後的宴席上，對同席的親友講述了他對阿綉奶奶的回憶。對阿綉奶奶抱著好感與否我不知道，但現在對阿綉奶奶的事知道最多的，是年紀輕輕即去國離鄉，如今已是美國人的啟一舅舅。母親也參加了這場宴席，我在距離稍遠的地方看著母親，她看似很專注地聽啟一舅舅講話，其實人早已分神，陪在她旁邊的貞代還得悄悄警醒她。每次貞代這麼做的時候，母親會把頭轉向講話中的啟一，臉上露出一種難以形容的表情，儘管只是短短一瞬。這時她那張臉在我看來，甚至比二十三歲的貞代還要清純、年輕。

送舊迎新，今年正月中旬前後，我們幾個兄妹難得一起回到老家，聚在年過八十五的母親身邊。

這時志賀子先跟我們打預防針，叫我們不要被嚇到，然後說：「你們也知道，奶奶從去年開始『阿媽』、『阿媽』的叫起我來。本來我以為是因為三島的孫子來，他叫我『阿媽』，所以奶奶也跟著小孩叫，結果根本不是這麼回事。她好像真的當我是她的祖母了。」

弟弟問她：「奶奶這樣子叫，是把你當做誰呢？」

「並沒有特定的人，她就是漠然地把我當做一個所謂的『阿媽』吧。」

「那還真是震撼呢。」

「連自己的媽媽都當我是一個老太婆，那我真是完蛋了。」

「她不覺得你是她的女兒嗎？」

志賀子說：「有時她知道我是她女兒，但相反的情況更多。對我都這樣了，那美國仔先生在她眼中，大概和她的啟一弟弟完全是另一個人。舅舅最近終於明白了，他會對母親說，『雖然我跟你說什麼你都不懂，但我還是要說，你有一個弟弟，他叫啟一，這是他在對你說的話』。他都是用這種態度在和母親說話，聽起來實在好笑。」

志賀子又說，母親常常從傍晚開始產生幻覺。明明沒有客人來，她也會泡茶準備端出去給客人喝。有時是她覺得客人會來，於是去做這件事，有時則是昨天、今天分不清，想到昨天的客人便去泡茶。

當我們兄妹以志賀子的報告為中心，繞著母親這個話題聊天討論的時候，母親在隔壁的起居室平靜地坐著。

桑子對著母親方向說：「奶奶，我們在說你的事呢。」

「我知道啊。你們在說我的壞話吧？一定是這樣！」母親若無其事地笑著說。

這時母親的臉非常好看。接著她很快又回復到原來平靜的表情，沉浸到自己回憶的世界裡去了。我總不禁要思索，現在母親到底在想些什麼。分不清過去與當下，也分不清夢幻和現實。在如此這般的世界存活的母親，時不時，四個孩子的談話聲傳入耳中，然而也轉瞬消失無蹤。

「蜉蝣荒塚無覓處……」

我隨口念出芥川龍之介㉓在短篇〈點鬼簿〉中引用的內藤丈艸㉔俳句，弟弟就像應和我一樣念道：「夢披荒野旅病身㉕吧。」

啟一舅舅走得非常突然。他的身體一向沒有什麼特別的病痛，只能說是自然老衰，只是今年以來變得明顯，五月初勉強和舅媽一起大老遠去沼津買東西就不行了。回來的路上嘔吐、暈眩，一到家立刻躺到牀上，到了半夜呼吸中止。走得可說是乾淨俐落。回國還不滿兩年。舅舅和母親不一樣，完全沒有失智的現象。或許他不想像母親那樣，於是在變得錯亂恍惚之前即先行離去了。

葬儀之日一早就下著小雨，但出棺的時候雨停了。出殯的行列在名為熊野山的小

㉓芥川龍之介（一八九二～一九二七），日本重要小說家，代表作有〈羅生門〉、〈地獄變〉、〈蜜柑〉、〈杜子春〉、〈河童〉等。

㉔內藤丈艸（一六六二～一七〇四），江戶時期俳人，松尾芭蕉門人。

㉕此為日本俳聖松尾芭蕉最後作品。松尾芭蕉（一六四四～一六九四），江戶前期俳諧師。除了大量俳句，傳世最重要作品為旅行隨筆《奧之細道》。

山丘陡急的山路上移動。到處是小石頭的土路泥濘不堪，走起來腳下很滑，路兩旁雜樹林的葉子卻因為下雨而顯得特別翠綠。和阿綉奶奶以及父親出殯的時候同樣的一條山路。母親八個姊弟中每位亡故者的葬儀，我也是走在葬列中，爬上同樣的山崗送行。說到母親的手足，除了最年長的我母親和最小的阿姨阿牧，中間的六人如今都不在了。

舅舅的骨灰罈入土，卒塔婆[26]立好，接著誦經、燒香。告一段落後我和桑子離開送葬的人群，前往不遠處家族的墓地拜祭父親。

由扁柏樹籬圍起來的長方形墓地上，豎著五方墓碑。父親的，阿綉奶奶的，以及俊馬和武則的，另外還有一方完全沒有刻字的小墓石。沒有刻上名字的墓石，是外曾祖父時代當他助理的一位醫師家裡生後不久即夭折的嬰兒之墓，這件事我曾聽誰說過。俊馬、武則的墓石形制較小，一如他們夭折少年的身分。我試著讀出他們墓碑上所刻的生歿年月。字跡漫漶，上面還長著青苔，辨識起來有點辛苦。俊馬歿於明治二十七年九月，武則歿於明治三十年一月。母親是明治十八年生的，算一下在母親十歲的時候俊馬去世，十三歲時武則也走了。

我把這些狀況隨口說出來，桑子即笑著說：「奶奶還真早熟呢。不過這樣的話爸爸應該也沒有什麼好嫉妒了吧。倒是自己過世以後，老婆把少女時代愛慕的對象毫無保留地全說出來，這種事爸爸恐怕無法想像吧。」

「完完全全狀況外吶。」我說。

我拿水清洗這個狀況外父親的墓石表面，桑子則將周邊的雜草清除得乾乾淨淨。

當晚，眾親朋好友和鄰居相聚，舉行出殯後的酒宴。由於美國仔先生的洋房地方比較小，改在對門本家的大堂設宴。

大家正吃吃喝喝的時候，母親出現了。辦外燴的鄰居太太們忙前忙後的廚房那邊傳來母親的聲音，我離開宴席前往查看。

㉖梵文 stūpa 音譯，或略稱「塔婆」，漢譯佛經則做「窣堵波」，原是安置佛舍利的覆鐘型或塔式建築，日本則是以長木片製作，上書亡者戒名、皈依佛名、種子字等，立於墓旁，為先人祈福供養。

母親以很凶的語氣對那些太太們詰問道：「死去的不是啟一嗎？為什麼都不告訴我一聲呢？」

母親臉色慘白，眼睛狠狠瞪著前方，一如她每次激動的時候那樣。

「奶奶應該知道吧？」

聽到有人這麼說，母親立刻回道：「哪裡！我才不知道，現在才第一次聽說。」

她喘著氣說她第一次聽到啟一的死訊，趕忙趕過來。這時志賀子也來了。

「來，回家去吧。」

聽志賀子一說，母親回頭纏著志賀子問：「你這傢伙，為什麼要向我隱瞞啟一過世的消息呢？」表情非常嚴厲。

「隱瞞得了您嗎？您自己不也說美國仔先生發生了不好的事？」志賀子說。

母親用力搖著頭，說：「才不是，我什麼都不知道！」

我和志賀子將母親帶回家裡，回到家才五分鐘吧，忽然聽誰驚慌地說母親不見了，我們又不得不出門去找母親。先去剛剛酒宴的會場，並沒有看到母親的影子，想到也許會在後邊美國仔先生家吧，就走過去瞧瞧。大概知道舅媽想避開酒宴的喧囂一個人待在家裡，母親小小的身影如今就在客廳的椅子上和舅媽對坐。

看到我和志賀子出現在門口，舅媽立刻跟我們說：「奶奶過來燒香了。」房間正對大門的佛壇上，放著懸掛黑色緞帶的啟一舅舅照片，周邊擺滿了鮮花。舅媽走到站在門口的我們前面，說：「奶奶正在哭呢。」

我們走進房間，來到母親身邊一看，果然臉上淚痕斑斑。

我們將母親帶回家去，但那天晚上母親又去了美國仔先生家兩次，坐在放啟一牌位的地方。一次是貞代陪她去，另一次則是辦酒宴外燴的太太陪她去。兩個人都是被母親纏得沒辦法才答應的。

「奶奶真的非常傷心。她的臉和平常完全不一樣。」貞代說：「奶奶好像是覺得美國仔先生死了，啟一也死了。難不成她認為白天是美國仔先生出殯，晚上的酒宴是啟一先生的葬儀？」

貞代說明了她的觀點，我卻有點半信半疑。可是想想她對白天葬禮的無感，對照晚上她那撕心裂肺般的悲傷，好像除了用貞代的觀點來解釋，其他都說不通。長年貼身照顧母親的貞代自有她獨特的看法。貞代的看法是否正確不知道，但在頭腦壞毀、記憶一片混沌之中，母親對一個人亡故的深刻傷悼之情，卻是無可置疑的。葬儀之夜的聚會大家真情流露幾近喧鬧，或許母親才是最最哀傷的人。

次日，我走出二樓的寢室準備下樓時，母親已經去了美國仔先生家。我過去要帶她回來，兩個老太婆在新設立的牌位前面淚眼相對，看起來就像是一對感情深厚的姊妹。

舅媽身心俱疲，我設法阻止母親不要太打攪了舅媽，但無效，只要稍不留意，她就溜出門去。坦白說過去舅媽也沒那麼歡迎母親，但剛剛喪偶悲痛欲絕的她似乎非常需要母親的陪伴，不管一天去幾次她都不在意。每次志賀子發現母親又不見了，就會反射式地說「哎呀，又是美國仔先生……」，然後告訴我：「奶奶走起路來比我還快，真是傷腦筋吶。剛剛啊她還半路上停下來等我呢。」

葬儀之後我又待了兩天，然後留下美津，自己先回東京。因為當晚有一個非出席不可的活動，我一抵達東京車站即直奔會場，等回到家已經將近午夜十二點。才一進門，電話鈴就響了。電話是美津從老家打來的，說明天有一個老友講好要來東京的家，希望我趕快跟人家取消，接著說：「剛剛奶奶可不得了啦。」

「跌倒了嗎？」我緊張地問道。

「不是，咱們奶奶啊，本來已經躺下來休息了，突然說你明明睡在旁邊怎麼不見了，於是又起來大呼小叫，我以為她還在穿衣服轉眼卻已經不在房間。她跑了出去，不過很快就被帶回來了。」

「剛剛說『你』——是在說我嗎？」

「沒錯。你好像變成嬰兒了。」

「不會吧？」

「正是，我是說真的。她說阿靖本來睡在這裡怎麼不見了，然後才鬧起來的。總之把我嚇壞了。奶奶是在半夜不見的，她出去找你了。」

「她去了哪裡？」

「五金行那邊的路口，往長野的方向走去。」
「誰去帶她回來的？」
「志賀子和阿貞。」
突然間我全身仿佛凍結了一般。眼前浮現的，是通往長野部落那條鋪滿白色月光的道路。一邊是高出路面的田壟，另一邊也是田地，但呈階梯狀往溪谷下降。母親沐浴在白色月光下，走在這條路上，為了尋找猶是嬰兒的我。
「掛電話了喔。」美津說。
我放下話筒，惶惶然站在那裡。整個人只有一個念頭：一定要到什麼地方走走。如果母親為了找我而走在夜路上，我覺得我也非出去找她不可。我雖然出生在北海道的旭川，但才三個月大母親就抱著我回到故鄉的老家。母親的行動若是起自那時候的幻覺，當時我一歲，而我一歲的時候母親是二十三歲。
我想像一個畫面：二十三歲的年輕母親為了尋找嬰兒的我，踽踽獨行在深夜鋪滿月光的路上。我還想像了另一個畫面：那是年過六十的我，為了尋找八十五歲年老的母親，一個人走在同樣一條路上。第一幅畫閃著冷冽而濕濡的光，第二幅畫彷彿被封印了一層詭異的東西。這兩幅畫，立刻在我的想像中疊合成為一幅。上面既有嬰兒的我，也有二十三歲的母親；既有六十三歲的我，也有八十五歲滿臉滄桑的母親。明治四十年和昭和四十四年❷合而為一，中間的六十年歲月濃縮到月光中，然後擴散出去。冷冽和詭異也合而為一，中間被銳利的月光所貫穿。

激動過後，我注意到剛剛接聽妻子電話瞬間，產生了一種錯覺。浮現我眼前通往長野部落的那條路，是我小時候的路。讀小學期間幾乎每天走那條路前往谷地的溪澗游泳。如今那條小路旁邊已經蓋了小學，還有牛奶公司的牧場。人概不久之前吧，路旁也出現了一間文具店。

這樣看來，現在的母親好像又回頭走到她二十三歲的時候，活在那時的世界裡面。如果母親是二十三歲的話，舅舅就是十九歲，也就是他去美國之前兩年。母親

❷明治四十年即西元一九〇七年，昭和四十四年為西元一九六九年。

為舅舅的死而傷心欲絕，那應該就是一個二十三歲的姊姊在為一個十九歲弟弟之死而哀慟吧。

我走到電話機旁，換我給故鄉老家那邊打電話。志賀子接的電話。我問她母親現在情況怎麼樣，她說給母親吃了安眠藥，現在已經熟睡了。

「把大家弄得手忙腳亂，自己卻一臉小姑娘的模樣睡得香甜。大概是藥效的關係，剛剛還大聲打呼呢；現在已經不打呼了，睡得很沉很沉。我看她明天一早又會吵著要去美國仔先生家。」志賀子說道。

雪之顏

N文學獎[28]的評選會十一月二十一日晚上在新橋的料亭舉行。決定由中堅作家O氏的作品得獎後[29]，主辦方準備了一席輕鬆愉悅的酒宴，不過我提早離席了。一方面有點感冒，又想早點回到自己書房休息，於是先搭車回家。

在客廳喝了杯茶，馬上進到書房。書房裡面已經鋪好了枕被，由於沒有什麼睡意，就到書桌前坐下。《世界》和《文藝春秋》兩處連載截稿日已近，不過那是明天的事，還是照原定計畫明天再寫。今晚僅剩的一點時間，就用來寫文學獎的評選意見。反正也是這兩三天非做不可的事，不如先將它解決了。說好的篇幅是一張半稿紙[30]，結果才寫好關於得獎作品的評語已經填滿一張稿紙。雖然篇幅上還有點餘裕，不過還是決定不提其他候補作品，就此擱筆。

這時伊豆老家和母親同住的妹妹志賀子打電話過來。電話是妻子美津接的，但立刻切換到書房的分機。志賀子說，母親的情況突然惡化，現在已經請醫生過來幫她打了點滴。

「不要擔心，應該不會有什麼大礙吧，她的身體就是這個樣子。」她說一個鐘頭以後會再打來報告最新情況，說完隨即掛斷。抬頭看一下時鐘剛過九點。

母親高齡八十九，因為是二月生的，再不到三個月就滿九十了。最近這一年也說不上有哪裡特別不舒服，就是明顯老衰常常要躺在床上休息。有時會想一向康健的她即使再活五年、十年也沒什麼問題，但有時又覺得只要一場感冒，也可能會承受不起而變成生死大事。

㉘應該是「野間（Noma）文藝獎」，為講談社主辦、授與純文學小說家和評論家的獎項，作者曾擔任多年評委（一九六八～八八），也曾兩次獲獎（一九六一年《淀君日記》和一九八九年《孔子》）。

㉙應該是一九七三年第二十六屆，得獎者為大江健三郎（Oe Kenzaburo），作品為〈洪水淹沒我魂〉。

㉚在手寫時代，日本報社與出版社以原稿用紙頁數（單位為「一枚」）計算篇幅與稿費；一頁稿紙有兩百字和四百字兩種規格，但一般都是指後者。

我擔心還會有什麼緊急狀況發生，於是要美津先睡，有電話就我來接。十點半左右志賀子再度來電。她說母親睡了，只是呼吸有點急促，請醫生在一旁照料暫時不要離開。依母親過去的情況，只要能撐過今晚，明天肯定不會有什麼事，可我擔心的就是今天晚上。志賀子非常冷靜，但聲音低沉不似平日。

我告訴志賀子，雖然我不認為母親會發生什麼緊急的大變故，不過明天早上只要一安排好車子，就會從東京出發，盡快趕回故鄉的老家，說完即掛上電話。

我開始做一些要回老家的準備。很可能要在老家待一陣子，於是將預定明天要動筆的兩篇連載相關的書籍裝進行李箱。此外今年秋天熱心的鄉人在沼津郊外建了一棟專門蒐集陳列我所有著作的文學館㉛，開館儀式預訂二十五日舉行，所以我也必須為出席典禮做些準備，包括當天要穿的三件式黑色西裝和襯衫等也都放進皮箱。

半夜一點五十分，志賀子第三次來電：「剛剛，奶奶停止呼吸了。確切時間是一點四十八分。」志賀子說，接著我聽到嗚咽聲。等嗚咽稍停，我轉換一下語氣，感謝她長期以來對母親的辛勤照料，而且母親對我們幾個兄妹中，看護她最久的志賀子夫婦能夠到最後一刻隨侍在側，一定感到特別欣慰。這是我做為兄長對妹妹的感謝之意，也是對她的慰藉之言。我告訴她一切都等明天早上我回老家再說，然後掛上了電話。

我前往妻的臥房向她傳達母親的死訊。美津應該是沒有睡著，立刻從床上起來。回到書房電話又響了。住東京的小妹桑子打來的，她的聲音意外地平靜。桑子和我約好，明天早上八點會從她家出發過來我這裡，與我同車　起回老家。

我望著客廳那邊美津已經將母親的遺照擺上佛壇，正準備燒香，一邊恍惚想著母親已經不在了這件事。不知經過多久，書房的電話鈴又響了起來。將電話切換到客廳，拿起話筒，就聽到志賀子的聲音。「明天，」——說是明天，其實也沒幾個小時了，「明天晚上舉行守靈，照說後天就應該是葬禮，但不巧後天正逢『友引』之日㉜，不適合出殯，所以葬禮推後一天，改在二十四日舉行。」電話一方面是報告

㉛即位於靜岡縣駿東郡長泉町愛鷹山腰的「井上靖文學館」。

這件事，一方面也是和我確認如此安排是否妥當。這時母親床畔應該已經來了幾位親戚，聽起來這些安排就是他們討論的結果。志賀子大概緊張的關係，和剛才不一樣，每個字都清清楚楚。我對她說，現在或許無法成眠了，可多少也要到床上躺一下。

講完電話之後，我和妻就明天一天的行程做了討論與安排。明天早上我和桑子先出發。美津則還要和已經分別自立門戶的孩子們聯絡，加上將離家多日，也必須做些準備，估計這些事都做得差不多了，她再從東京出發以趕上守靈。由於要帶的東西不少，皮箱、提包之類的就跟我一起上車比較保險。

我至少可以把自己的部分先打點好，將喪服相關的衣物放入皮箱，其他就讓美津去忙了。我給自己倒了一杯威士忌加冰塊，然後回到書房。母親才亡故沒一會兒，就要將她的死亡切換成葬儀後事。我慌忙的歸省，與其說是為了奔喪，更多是為了處理葬儀事宜而前往。

我在書桌前坐下，喝了一口威士忌。至少在接到母親噩耗之夜，應該來個母與子之間一生唯一的私密對話，卻一點也沒有想這樣做的念頭。母親活了這麼久，終究還是不免一死，如今她將不思不想靜靜安眠，她輕輕閉上眼睛躺在那裡，永遠不再醒來，這些是我僅有的感慨。父親在十五年前八十一歲的時候去世，那時我也是在東京同樣這張書桌前接獲喪報。那個晚上也和今晚一樣，坐對書桌等待黎明，但我當時倒是想了一些做為兒子的在父親生前應該對他說卻一直沒有說的話。如今母親走了，我卻沒有這麼做。感覺我想對她講的話，在她生前已經都說完了，再沒有想說的話。

八點半桑子來了。我聽到桑子的聲音於是走出書房，她和美津正站在客廳說話。桑子說，奶奶她走得好突然，早知道會這樣，之前的禮拜天要是回去探望她就好了。桑子講這些話，表示她對母親之死的悲傷。我也好，志賀子、桑子、妻子美津也是，不知道從什麼時候開始，不再叫母親「媽媽」，改口叫她「奶奶」。看到母

㉜日本陰陽道信仰中，特指事情無勝敗之日，唯白天為凶，俗以葬儀為忌。

親年紀愈大，變得老態龍鍾後，很自然就改口了。

我也像昨晚在電話中感謝志賀子長年照護母親的辛勞一樣，對桑子表達了同樣的謝意。你也幫了很多忙啊，奶奶她，你知道的……聽我這麼說，桑子回道：沒有拖拖拉拉、說走就走，我覺得這很像奶奶的作風，「現在開始我就自由自在、無憂無慮啦，你們應該不知道吧，我坐的可是貴賓席哦」——桑子以手指止住即將奪眶而出的淚水，替母親說出臨終感言。

我和桑子匆匆吃過早飯，把要帶的皮箱拿到玄關，有的裝了開館式要穿的西裝，有的則是放了葬禮的喪服。連載的事因為這次情況比較特別，只好暫停一次，可是開館式由於主辦方已經給各界人士寄出邀請函，來不及喊停了。葬禮在二十四日，開館式在二十五日，如何轉換心情將是個考驗，不過兩件重大的事情沒有撞日已屬萬幸，我一定不能再讓它們受到彼此影響。

結果，從家裡出發時已將近十點。車子開上東名高速公路㉝，天色晴朗令人愉悅，還可以清楚看到富士山。

「奶奶啊，再過不久就可以慶祝九十歲生日了，真是。」桑子說。

今年一過，母親虛歲就九十了。兒女們已經把母親壽誕慶生當做討論話題，沒想到死亡搶先了一步。說母親的死亡早了一步，基本上，我和家人、桑子早說好，二十五日要一起出席開館式，之後繞道老家，陪母親一兩天，哪知道就差那麼幾天而無法如願。不過就母親而言，開館式或者什麼都無所謂，如果只是順道去看她，或許她一點都不覺得開心。跟桑子說了我的想法，她回應道：「說的也是，奶奶就是那種脾氣，如果順道那就不用來了。相反，葬禮則是所有人為了奶奶而聚首，她應該沒什麼好抱怨吧。她肯定喜歡盛大的葬禮，人愈多她就愈樂。」

接近御殿場㉞一帶開始，富士山一下在右、一下在前、一下在左。從峰頂到山麓所有走勢一一展現眼前，這是我第一次這樣看富士山。

㉝東京到名古屋的高速公路簡稱，全長近三五〇公里。
㉞神奈川地名，著名富士山登山據點。

到了沼津附近，富士山先是在右，然後變成在我們後面了。天空一整個澄澈的藍，棉絮般純白的雲漂浮其間。我今年五月到六月前往伊朗、土耳其旅行，那時土耳其南部的天空之藍、雲朵之白，讓我看得心蕩神馳，這天在東名高速公路所見天空也好、浮雲也好，宛如土耳其的天空、土耳其的雲。由於母親逝世而歸返鄉里之日，是令人愉快的晴朗好天，非常像母親會選的日子。

我此前曾經以〈花之下〉、〈月之光〉為題，寫了兩篇不完全是隨筆但也說不上是小說的文章，描繪母親年老的身影，〈花之下〉中的母親八十歲，〈月之光〉裡的母親則是八十五歲。因此母親自〈月之光〉時期又活了四年以上，直到如今突然去世。她人生最後四年，前半的兩年失智的狀態非常嚴重，但依然讓周圍的人雞飛狗跳，後半的兩年伴隨著身體的衰敗，感覺那些顛顛倒倒、吵吵鬧鬧也失去了能量，雖然頭腦的壞毀依舊，可有時她卻會整天都安靜得令人難以置信。從這一點看來，可以說母親獲得了解放，她的兒女也得到了赦免。

在〈月之光〉中，我描述的是八十歲的母親記憶退轉，從最近的時期開始逐一消失，七十歲，六十歲，五十歲……最後回到十幾歲到二十歲出頭。〈月之光〉之後一年，母親曾經前來東京，在我家住了二十天左右。那是因為在老家照顧母親的妹妹志賀子正好有事，不得不離家一段時間，於是由我們暫時接手。

那是大寒時節，趁寒氣稍斂，妻子美津和前一年大學畢業的小女兒芳子結伴前往老家。兩人在老家住了一晚，次日帶著母親搭車回到東京。

母親從老家出發的時候神情愉快，由於將離家一段時日，還到附近鄰居家辭別，然後興奮地上車，好像也很享受沿途蕭瑟的冬日風光；可　抵達東京的家，在客廳休息還不到一個鐘頭，很快就開始吵著要回老家，結果此後二十天前後的東京生活期間，每天嚷嚷著要回去，這個念頭一直沒變過。

上午或許因為頭腦經過休息，她的表現不失理性，「今天不回去不行了」或是「住在這裡挺舒服的，也該滿足了，就是不放心老家那邊」等等，聽起來都可以理解。可是從下午到傍晚時分，想回老家的念頭一刻不曾停息，在她心中激烈翻攪，狂飆不止。這種時候她旁邊一定要有人盯著。只要稍不注意，她就抓著提包走到玄關要出門。勸她也不聽，手輕輕放她肩膀上，她的反彈就像被施暴一樣激烈。家族成員中她對我算是最柔順的了，但在午後的狂亂時刻，我的話也起不了什麼作用。這種時候，我非常懷疑她到底知不知道我是她的兒子。

直到白晝尾聲，暮色降臨，母親才逐漸安靜下來。一方面大概時間上要回老家已經不太可能，也可能是鬧了一天累了，好像失去了支撐的力道，臉色變得異常平靜。儘管外頭寒冷她還是出去庭院草坪上走走，或在我書房外邊探頭探腦，乖乖地入浴，之後和家人共進晚餐，大約一天就是這麼過的。

「奶奶，很辛苦哦，今天？」

聽孫子們這樣說，她就回道：「哪裡，你們才辛苦呢。」

然而歸返老家的念頭可沒有忘記。她會煞有介事地說「明天我一早就出發，你們不用送我了。」或是「今天晚上我會跟大家辭行，明天老家那邊一定有一大堆人在等著迎接我。」

「那麼多人，到底都是些什麼人啊？」美津忍不住問道。

「呵，和府上可大大不同啦。那裡有很多工人，院子又大，浴室水龍頭流出來的是溫泉，隨時都可以泡個過癮。」母親不客氣地嗆了回去。

「哇，奶奶的家，簡直是人間仙境啊！」芳子說。

這時母親語氣變得比較和緩，說：「下次歡迎你過來玩。那裡也種了很多果樹，廚房也比這裡大多了，還有兩口井呢。」

這時候母親的表情，就像一個吹噓自家有多好的小女孩。

晚餐後，母親在客廳地毯上放了座墊，在那裡待了兩個鐘頭。有時傾聽周圍的人談話，有時沉浸在自己一個人的世界。偶爾睡魔來襲，也曾坐著打瞌睡，突然警醒過來，就一臉羞怯整整衣襟。看到母親有些不支，芳子馬上站起來說：「來，睡角交㉟。」然後拉著母親的手。如果母親拒絕，芳子就說：「不行、不行，乖，睡角

㉟原文用日本人對嬰兒、幼童講話的語氣。

交。」熟練地讓母親站起來，幾乎像抱著一樣，簇擁她上樓。

服侍母親睡覺是芳子的工作，也是只有她才做得來的特技。其他人如果想學她肯定有得受，母親只吃芳子這一套。白天母親陷入狂亂的時候，芳子也拿她沒辦法，而且母親對芳子還挺凶的，就寢時卻變得百依百順。我並沒有親眼看見芳子服侍母親上床的光景，但芳子會說「今晚很順」或「失敗啦」，一邊跟我描述母親就寢時的狀況。

「我動作可利落呢。先幫她脫掉外衣，換上睡衣，蓋好棉被，在肩膀附近的棉被上『嘭嘭』拍兩下。接著將準備好的手紙、錢包和手電筒一起拿給奶奶看，說『全都在這裡了哦』，然後放在她枕頭旁邊。最後還要在棉被『嘭嘭』再拍兩下。不這樣『嘭嘭』拍兩下，她好像覺得不放心。之後我退出房間，將臥室照明調暗，稍稍在門口等一下。如果過了兩三分鐘她都沒起來，就沒事了。」

我想芳子恐怕每個晚上都是這樣侍候母親入睡的吧。我很喜歡聽芳子說這些，那裡面有祖母和孫女倆獨特的互動。

有一次，芳子對我說：「知道奶奶怎麼看我嗎？我，是一個女侍應生。總覺得是這樣，而且很可能她把我當做比她還年長的侍應生呢，一下撒嬌，一下使壞。昨晚你知道怎麼著，把我整得很慘，然後丟句『你辛苦了，讓你休息一下吧』，喝！」

我們一向認為，母親八十多年漫長生涯那條記憶之線，從一端開始仿佛用橡皮擦塗抹一樣，逐一消失，最後回到十幾歲或是二十歲出頭的年代。不過，儘管對母親的這種觀點還是沒變，但這次來到東京後看她白天的表現，實在很難說服自己單純將母親當做那樣的年紀來看待。當她被回鄉的念頭所苦時，看起來是那樣的世故，在她的言行中，可以看到她有來有往、可進可退的一面。母親比較單純的時期，是她回到十幾二十歲的年紀，總覺得她置身那時的生活意識裡，一旦失去那種單純，馬上就會顯露出活過漫長人生積澱了世俗智慧的表情。

只是這樣的母親，和兩三年前不一樣的地方，是先前回到十幾歲的母親常常每次提起就會被孩子們揶揄、興許曾是愛慕對象的俊馬和武則兩名少年的事，現在都不說了。當然孩子們偶爾還會拿這個當話題，但母親自己是不會主動提起了。隨著母親日漸老耄，年輕時代愛慕過的兩名少年身影，也在母親腦中逐漸淡薄了。

當聽到芳子說自己似乎被當做比母親還老的侍應生時，我不禁想到，母親變得比較單純時，大概就是回到在她的祖父膝前任性成長的兒童時期。這是比對俊馬、武則兩少年保持愛慕之情的十三、四歲還要小的年齡。也因此不再提起少年的事，開始活在幼年時代了。

母親被帶回當時在三島和老家各擁有一間診所、意氣風發的開業醫外曾祖父清司身邊，好像是她五、六歲左右的事。外曾祖父沒有子嗣，為了有人繼承家業，於是安排將姊姊的兒子過繼給自己，並幫他成了家，母親就是養子夫婦所生的長女，由於很得外曾祖父寵愛，到最後將母親從她父母身邊帶走，放在自己所住的家鄉診療所撫養長大。外曾祖父那時已經計畫將來幫孫女分家，找個對象入贅進來，然後讓他們繼承自己的醫療事業。確實後來也如此發展，總之，母親因為外曾祖父的溺愛，在多少有些異常的環境成長。母親後天性格可以說完全在這個時期成形，不拘什麼事只要不如她的意就翻臉，自尊心又強，別人為她做多少事她都覺得理所當然。可是母親天生的個性和這些是完全相反的：充滿同情心，凡事認真，廣結善緣。這些對立的特質，在母親漫長生涯中，各自支配她不同時期的人生。母親給某些人留下溫柔的印象，給另外一些人則留下惡質的印象；一些人覺得她自我本位、任性自私，有的人則覺得她個性開朗、善於交際。唯一讓所有人一無例外全都感受到的，是她那強烈的自尊心。

不管怎麼說，雖然我認為母親現在生活其中的年齡又下降了一層，變成被帶回外曾祖父清司身邊，過著要啥有啥、恣意胡為的幼年時代。這種設想總讓人覺得比較明朗，也感到一種救贖。母親回到的年齡是五、六歲還是七、八歲不確定，如果是這樣的話，母親從此將更加顛倒、失控，然後朝著越發任性的境地走去吧。從身為兒子的我看來，比起因為老衰而將母親置於其他所在，讓她留在幼年時代實在是求之不得。這或許是母親一生最幸福的時期，如果能夠在這時期的生活感覺中待著，應該就不會充滿陰濕暗影。白天的母親除了她自己陰鬱不開，周圍的人也都跟著心情暗沉。即使只在夜裡也好，雖然會被當做高傲、任性，我多希望她能夠回到被許多人憐愛的幼年時期。

沒想到，發生了一件讓我的期待從根本崩解的事。那是母親到東京剛滿半個月時候的事，深夜母親出現在我書房門口。母親身穿睡衣、手裡拿著手電筒，探頭到我的房間，發現我正伏案工作，她不發一語就離開。我跟母親打聲招呼，她只是回個頭，並沒有答覆。猜想她大概是半睡半醒，我趕忙帶母親回她二樓的臥房。我讓她上床睡覺，她不答應，又搖搖晃晃想走去哪裡。我覺得沒辦法料理這個狀況，於是把隔個走道在對面房間睡覺的芳子叫起來。經此騷動，除了芳子，連她兩個哥哥也都起來了，他們兩個人都是近兩三年前進入職場，三人意外在深夜大家圍著母親的臥床，有如在開家族會議。

「今晚是爸爸那邊嗎？昨晚到我這裡來了。人家睡得正熟突然一把手電筒從上面照下來，把我嚇了一跳，太可怕啦。」次子說道。

「她也對我做了好幾次。奶奶半夜醒來，一定走進我的房間，畢竟就在隔壁嘛。她會拿著手電筒在房間裡面四處照，然後走到床邊，瞪著我的臉看，看完再出去。

起初我猜想她是不是找不到廁所，然而不是，因為離開我房間後，她毫不遲疑地走到廁所，之後才回到自己房間就寢。她根本是前往廁所途中，特別繞到我那裡的。」長子說。

「她是擔心你在不在，所以去看一下你啦。」

聽芳子這麼說，長子立刻回道：「開什麼玩笑，我可是要早起上班的人吶，她不去你房間嗎？」

「來過一次，不過之後就不再來了。」

「不是不來，是你睡得太死了吧。」次子說。

接下來兩個兒子和女兒就在那裡各抒己見，他們說母親大概是半睡半醒，也許是夢遊但也可能不是，或是說會不會是被幻覺所驅使……。

「不管怎樣，半夜被弄醒真的很困擾。前不久，奶奶失手把手電筒掉在地上，我陪她一起找，無論如何也找不到。突然靈機一動往床下一瞧，果然在那裡，就連手電筒都會自己亂逛啊。」長子說。

「不會吧，」這時母親的聲音突然插入。大家都轉頭看著母親。「手電筒會走路嗎？」

母親披著芳子幫她準備的丹前袍㊱在座墊上坐著。她完全忘記自己曾經到過樓下，所以對於被大家當做話題來討論很不以為然，表情甚至有點不滿，只聽到長子最後一句話，大概覺得相當不可思議吧，突然插進話來。母親的表情和前一瞬間為止的恍惚茫然完全不同，一臉愉快，嘴邊浮現小女孩般無邪的笑意，看得我們全都傻在那裡。母親很快在芳子協助下再度躺下來，我和兩個兒子也各自回到自己房間，這一切好像是母親發出了解散命令似的。

之後兩三天，又一次在深夜，母親來到我房間。那時我也還在書桌前工作，聽到母親踩踏隔壁會客室地毯的足音，我馬上起身，到會客室看看。對面通往玄關的門半開著，大概樓梯的燈光透進來的緣故，只有那一小塊地方的物品浮現各種輪廓，此外整個會客室可以說是全黑。黑暗中母親拿著手電筒站在那裡，穿著藍色睡袍的芳子睡眼惺忪在她背後搖搖晃晃。

「妖怪啊。」我不禁脫口而出。

實際上在洋式客廳當中站著的兩個人，在我看來彷彿飄蕩的鬼魂。我前一年造訪中國的時候，在上海的「上海越劇院」看了一齣叫做《情探》的戲，裡面有一場是龍王、服侍他的侏儒和女鬼乘著祥雲，沿著長江飛往都城。母親藉著手電筒的光在書房入口東瞧西看的畫面，像極了侏儒在長棍前端點上燐火窺看下界；至於芳子呢，或許是睡袍藍色的效果，看起來就像化為厲鬼的女子[37]。

「辛苦你了。」我對芳子說。

「好想睡卻被挖了起來！我以為她要回自己房間，沒想到卻下了樓。總不能不管

[36] 一種防寒的厚棉袍。

[37] 這裡說的是《情探》中著名折子戲〈行路〉的一節。《情探》改編自明傳奇《焚香記》：書生王魁落難山東，得到名妓焦桂英相助，兩人在海神廟山盟海誓；王魁進京趕考高中狀元，入贅相府，拋棄桂英。桂英向海神爺訴冤後投繯自盡，化作鬼魂，在海神爺幫助下活捉王魁。龍王其實是海神爺指派的判官，侏儒是帶路的小鬼。

吧，多危險。」芳子接著說：「她先瞧瞧媽媽的房間，然後是這裡。」

「她到底在找誰呢？」

「我覺得不是這樣。應該是覺得若有所失吧。半夜醒來，發覺這裡不是自己的房間。這間不是，那間也不是，一邊這樣想，一邊一間間查看。」芳子說。

我送母親和女兒回去二樓房間，由於不覺得睏，拿了瓶威士忌進書房去。在衰敗的母親身體裡面，到底是什麼力量在驅使母親深夜做這些事？就像芳子說的，她或許是在找尋老家那邊的自己臥房也說不定，或者整個回到幼年時代，一顆稚嫩的心為了尋求什麼而迷了路。好幾天前想過的所謂高傲小女孩如今已遍尋不著，那是孤獨而陰暗的母親身影。解釋成幻覺或夢遊也說得通，可是母親的行動儘管不能說是正常，我總認為她一切的反應都是有跡可循的。看到母親變成這樣，我深深覺得再不能對她現下的處境棄而不顧了。

最後，母親在東京只住了二十天左右。當初帶她來的時候，本來希望至少能照顧她一個月，但母親一天也不想在東京待著，於是配合志賀子的方便，比預定提早結束了母親在東京的停留。一直到出發日早上為止，我們沒讓母親知道歸鄉的計畫。歸鄉前兩三天，書房旁邊的梅樹綻放白花，母親看到似乎受到刺激，整天喃喃念著老家梅樹林的事：「土埆庫房後面有一片梅樹林，有紅梅也有白梅，它們這時候會一起開花，現在想必是盛開的時節。」同樣的話說了又說，剛說過的話轉眼忘記，於是一次又一次地說個不停。雖然談不上梅樹林，但一直到大正初年前後，老家的庭院裡確實種了不少梅樹。只不過如今僅存其中幾棵而已，土埆庫房也不在了。

母親現在就要前往那有著梅樹林的故鄉老家了。我和前一天晚上先來我家會合的桑子同行。因為旅程是在頭腦比較清醒的早上，母親在車上心情非常愉快。桑子問她知不知道我們要去哪裡，母親開朗地笑著說：「我怎麼知道？頭腦癡呆真是拿它沒辦法呀，估計是要回老家吧？」她真的不明白要去哪裡，還是頭腦遲鈍但多少知道這點事，我和桑子也不太確定。

一回到老家，母親真是開心極了，在家裡面到處走到處看，等吃過中飯，和我一起走到庭院時，對今天剛從東京回來這件事早忘得一乾二淨了。充滿荒廢氣息的庭院點綴著幾株梅樹，有紅梅也有白梅，由於都是老株，開沒幾朵花，紅、白色澤也顯得有點黯淡。母親在東京熱切想望的老家庭院，如今正行走其間。雖是同一個庭院，但和她在東京驕傲形容的庭院落差很大。老家的庭院很可能讓她幼小的心靈感到自豪，所以強烈地想要回到那裡，卻無法如願。「奶奶，你一直說梅林、梅林，梅林已經不在了呢。」聽我這麼說，母親點頭道：「是啊，現在已經不行了。」她的語氣非常平靜。到底她說的話有多少真實性我不知道，但從她所講的話中，可以感覺她是站在幾分荒廢的庭園中，懷想這個家往昔的盛景。

那天晚上，我向志賀子夫婦簡要報告了母親在東京的概況。當中也包括母親深夜的行動。

「那跟在我們這邊時一樣啊。如果一個晚上只發生一次，我想奶奶是客氣了。在這裡一晚兩次、有時候三次，她起來查看我們的房間，接著去廚房，穿過儲藏室，經由走廊回自己的房間。」志賀子說。

如此說來，芳子關於母親在半夜尋找自己老家房間的猜測，並不成立。到底為什麼半夜到處走動，成為我們話題的中心。

「到底是什麼呢？以前沒有這個現象，直到大約一年前。我起初以為她是擔心門戶，但看起來應該不是。最近呢，我忍不住想奶奶是不是變成小孩，在找她的媽媽。查探房間的時候，她看是看著我，但一副『不是你』的表情，然後移開視線走出去。在東京也是這樣吧？睡夢中的小孩尋找父母常常會有這種眼神。」

聽志賀子這麼說，我也想到母親兩次對我的深夜探訪，我看到的就是這樣的眼神。雖然看著我，但也不能說是在看我，感覺眼神稍微碰觸就立刻閃開。果真是小孩急切尋找母親的眼神的話，我想就是這麼回事。由於每天晚上遭受母親的探視，志賀子對母親的看法，有很多是我沒注意、聽了才恍然大悟的地方。

「我的看法和志賀子有點不同，」志賀子的丈夫明夫說：「那應該是母親在尋找小孩吧。記得有一次，她說還是嬰兒的你不見了，衝出門外，驚動了大家。她半夜到處徘徊也是那陣子開始的，所以我覺得她會不會是為了尋找小孩才裡裡外外到處走。發生上次事件的時候，嘴裡一直念著你的名字，可能是在找剛出生不久的你也說不定，但現在好像又不一樣了。並不是在找特定的孩子，而是忍不住要尋找小孩這種感覺吧，就像母貓尋找仔貓，我就是這麼覺得。一般說來小孩尋找母親的時候會充滿哀傷，但是奶奶的情況，並不是哀傷，而是恐慌，那應該是母親尋找小孩的表情吧。」

不愧是明夫，那是每天和母親相處的人才會有的觀點。

「可是，奶奶不是只有恐慌，也有哀傷啊。我看著奶奶四處走的背影，先感覺到的是哀傷，所以我覺得比較可能是小孩在尋找母親。如果說兩種感覺都可能的話，我還是要說小孩比較接近奶奶的個性。」

志賀子說完，桑子接著說：「沒錯，說她像是小孩比較說得通。不過，到底應該是什麼呢？變成一個小孩，在尋找母親，還是一個母親在尋找小孩呢？——除了問奶奶本人，沒其他辦法可以知道答案。」

「哎呀，就算是問本人也不知道，這才傷腦筋啊。——我可不知道哦，我不記得做過那種事哦。」志賀子模仿母親的語氣說道。

「對啊，奶奶應該是不知道吧。奶奶做的是連自己都不清楚的事。我唯一能夠想到的，就是，怎麼說呢，奶奶是在靈魂出竅的狀態下恍恍惚惚到處遊走的。昨晚我在東京是和奶奶同一個房間睡覺，她半夜又起來了。我想既然碰巧遇到，不妨試著瞭解，於是跟在她後面走，知道嗎，怎麼看都覺得像是一縷幽魂在那裡飄蕩。說是飄蕩，並不像被風吹動而四處飄流，更像是被什麼東西推著走。在奶奶自己渾然不覺下，有個什麼推動了她。」

「拜託不要淨說些嚇死人的話好嗎？」

聽志賀子這麼說，桑子說道：「結束這個話題吧，講這類事情，讓人特別難過，愈說愈覺得奶奶好可憐。」

大家似乎和桑子有同感，就此打斷這個話題。

聽到桑子說到有什麼東西推動母親的魂魄，針對這點，我很想說如果真的有什麼，會不會是本能之類的，但這樣說一定會讓話題變得晦澀灰暗，於是放棄了。可以確定的是，愈想愈覺得母親非常可憐，而我也感到極為難過。

正如志賀子所言，或許母親變成了小孩在尋找她的母親，也可能像明夫所言，是年輕的母親在尋找她的小孩。或者為了尋找其他的事物，年輕的母親彷徨歧路亦未可知。不過，不管是什麼，正像桑子說的，那是連母親自己都不能確定的事，她無疑是在毫無所知的情況下做了那些事。那麼，到底是什麼力量在推動母親？如果說是本能，或不完全是本能卻相當接近的什麼，基本上就可以解釋得通了。不管是母親尋找孩子，或是孩子尋找母親，人都是生來就有母親，此一本性在母親老衰的肉體與精神當中依然存而不失，於是夜夜推動母親進行那不可解的行動吧。如果順著此一思路，即使實情如何不可知，但也不是不能說明母親深夜的作為。

曾經在若干年前，有一段時期母親看起來在人與人的關係中，唯獨愛別離苦能夠觸動她的心，如今我不得不接受，現在的母親即連這個都無法再撥動她的心弦了。母親的老衰又推進了一層，是不是她只能把自己委身於仍燃燒著的精神與肉體本能的飄搖殘焰？雖然這純屬臆測，但將現在的母親看做是這樣，委實讓人難以承受，而且充滿黯淡之感。兒子和女兒們突然停止母親的話題，實在是事出有因。我覺得不只是我，明夫、志賀子、桑子每個人的感受，不都是反映出他們所見到的母親在老耄之中冷冷燃燒的青色殘焰嗎？

那個晚上，或許母親是許久以來第一次能夠睡在老家的床上，再也不用吵著要回家的緣故，她難得深夜沒有起來，一夜安眠。

當志賀子來信聯絡，說她的次女產期已近，因為是第一次分娩，希望由自己的母親來照顧，由於她一個人無法同時應承照顧孕婦和奶奶兩個人的工作，希望女兒生產前後二十天有人來照顧母親之時，離我在老家二樓揣想老耄的母親只剩下本能的青色殘焰這件事，又過了一年三個月，是為翌年的六月初。這一年三個月之間我回過老家若干次，母親同樣狀態一直持續不斷。有頭腦比較清明的時候，也有激烈壞毀的時刻。母親依舊深夜在老家中東走西走。明夫和志賀子早已不再提小孩尋找母親或母親尋找孩子的說法。「老年癡呆真是傷腦筋呢，我是奶奶的女兒，我覺得有一天我也會變成奶奶那樣，好擔心。」志賀子說。

六月中旬，這次是我和美津一起回故鄉帶母親。我們在老家住了兩天，一方面觀察母親現在的狀態，一方面聽志賀子夫婦的描述，基本上具備一些照護的知識，然後在第三天早上，讓母親坐上車子。母親坐在中間，我和美津坐她兩邊。母親看起來並沒有什麼不舒服，但一坐上車子，身子好像縮了一圈，似乎有些不安。車子沿著狩野川前進，經過三島，從沼津的交流道上東名高速公路。中間曾經在沼津休息站和厚木附近的休息站小歇。在冷清的飲食區一角安頓好，放眼一看，母親顯得特別的瘦小。當母親兩次用小湯匙將冰淇淋放入口中時，都說「這東西真好吃」，那語氣聽起來好像是她這輩子第一次品嘗冰淇淋；而這也是離開老家到抵達東京的家為止，母親主動說的全部的話。

到了東京後，母親看起來好像被帶到一個陌生地方而有點焦躁不安，卻不像過去一直吵著要回去，家人要她做什麼她都會照做。洗過澡，然後和大家一起吃晚飯。不過不管吃什麼，她都沒有說聲好吃。如果有人問她「好吃吧」，她就「嗯」一聲。「反正事已至此身不由己，有什麼不滿我就認了。」有點自暴自棄的感覺。當晚很早就上床，一直熟睡到天明。芳子睡在和母親臥房隔層紙門的房間。

根據老家志賀子的說法，最近母親深夜的神遊沒有以前頻繁，一個晚上起來兩三次的情況已不常見，即使起來也就一次，甚至有些晚上一次都沒起來。志賀子說，如果母親沒起來，她反而要起來到母親臥室去瞧瞧動靜，無論如何都挺累的。

來到東京之後的第二晚、第三晚，母親都沒有起來到別的房間走動。即使半夜醒來，也就是叫醒芳子帶她去廁所而已。根據芳子的說法，母親和以前一樣，深夜還想四處走動，可是卻好像不知道要往哪邊去。和以前比起來，母親體力衰落的跡象甚為顯著，那種橫衝直撞的激烈不再。

母親來到東京四、五天左右，芳子提出她的新見解：「有沒有可能，奶奶覺得她是被監禁了，所以放棄深夜的行動？」

母親在前一天半夜上廁所回來，站在次子寢室門前，手放在門把上，正好裡面反鎖，門打不開。這時母親似乎一瞬間錯以為是自己房間的門，自言自語般對芳子囁嚅道：「好像什麼地方都不能去了。」

「我是沒有特別留意，不過我想奶奶大概常常做同樣的事。那種時候，她或許以為自己被關起來了。」芳子說。

母親每天晚上會有這種錯覺，讓我感到非常心疼，但如果是母親自己結束深夜漫遊，我也只能請她多多包涵了。

白天的母親和之前待在這裡時一樣，每天好幾次吵著要回故鄉老家，但她吵鬧的方式總讓人感覺不到什麼力氣。心血來潮就吵著要回家要回家，但每一次都是坐在起居室的榻榻米上吵，很少走下玄關的地板作勢出門。從這一點可以感受到母親體力的衰竭，以及隨之而來的，連老耄本身也失去了它的氣勢。偶爾她臉上會明白表現出生氣的樣子，卻從未說出口，多半的情況，好像都是她覺得自尊心受傷的時候。問題是並不清楚是哪一部分的自尊心，所以周遭的人處理起來也非常棘手。不管是勸慰她或向她說明，母親都無法理解。但這種狀況我想我是知道的，現在的母親，已經變成在祖父跟前任性成長的高傲女孩。「奶奶蠻不講理！」如果有誰這麼說，母親就會用力將兩手伸直、手掌貼在膝蓋上，帶著一副輕蔑的表情將臉歪向一邊，根本和我五歲的孫女一個模樣。

我們都覺得，如果只是這種程度的話，母親要在這裡不要說待一個月，即使兩個月都不會有太大的問題吧。依照往例每年的七月初我們會啟用輕井澤的山莊，今年應該也可以把母親帶去。我這麼想，美津也是。或者移轉到輕井澤以後，會和前幾年的輕井澤生活大不同，母親意外地非常享受被落葉松圍繞的靜謐山莊生活也說不定。這是兩個兒子的想法，唯有芳子不以為然。

「拜託你們好好想一下，以前是不是把我們折騰得很慘？和以前比起來，奶奶的老衰更甚於以往了。安靜很好，涼快點很好，她還會這麼想嗎？這些感覺早就都沒有啦。奶奶是活在一個不管是思考或感覺都超乎我們想像的世界裡了。」

聽芳子這麼說，其他人不得不閉上嘴。因為主要負責照顧母親的人是芳子，現在最理解母親——至少是夜晚的母親——的人是芳子。

實際上再度帶母親上輕井澤這件事，仔細一想根本不可能。問題出在往返的交通方式。搭火車的話，車站的雜遝景象一旦出現在母親眼前，她脆弱的神經想必無法承受；至於汽車，四、五個小時的車程對母親衰頹的肉體也未免太折磨了。

一個禮拜過了，然後十天，母親的東京生活比想像中還要順遂。母親本能的青色殘焰已經無法支撐激烈的身體，就此而言，比起住在故鄉老家，此處毋寧更適合母親。母親既沒有變成四出尋找小孩的狂亂年輕母親，也沒有成為追尋母親背影的憂傷小孩。可是，稍加思慮一下，會發現母親並非沒有這樣的衝動。想到她深夜恍惚間想要四處走動而不可得，對母親而言，還另有一種無言的悲哀。靜坐起居室一隅的母親，有著不管如何四出尋找母親都沒有結果只好無奈放棄的小女孩的悲哀，或是一樣的用盡各種辦法尋找自己的小孩最後不得不放棄的年輕母親的悲哀。在我眼中，母親的臉既像是一張孤獨孩童的臉，也宛如一張絕望母親的臉。是小孩的臉，也是母親的臉。當她變成小孩時就是孩童的臉，變成母親時則是母親的臉。

來到東京半個月後，有一天我邀請母親到書房，在面向庭院草坪的敞廊上，我們面對面坐下。那是在吃得有點晚的早餐之後，十點剛過。我想在開始工作之前的短暫空檔，和母親一起喝杯茶。芳子幫母親泡了一杯淡煎茶，幫我泡了杯濃茶。當我端起茶碗時，坐下來後一直瞧著不遠處我工作桌的母親突然說：「以前每天在那邊寫東西的那個人死了。」

在那邊寫東西的，除了我以外不會有別人。

「什麼時候死的？」我看著母親的眼睛問道。

母親一副深思熟慮的表情，卻有幾分沒把握地說道：「死了有三天了吧，約莫今天是第三天。」

我環視已經去世三天的我自己的書房，整個房間之雜亂即使想整理也無從下手。書架上沒有條理地塞滿了各種圖書，地板上也堆著一落又一落的書，其中有的已經倒了，有的則隨時會垮下來。在書堆之山的中間還放了兩只旅行箱、二個紙箱，以及用繩子一束束綁好以防止散落的一些資料。那些成束的資料有的是自己的，有的是借來的。此外窗戶旁邊的櫥櫃裡面也是堆滿各種圖書、紙袋、雜誌等，都是亂塞亂放；我和母親對坐的敞廊這邊其雜亂也是不遑多讓。不禁想到，如果我這就死了，家人為了整理這個房間恐怕會傷透腦筋。

我一一檢視了書房的各個角落，視線最後停留在工作桌上。桌面上也是一片狼藉，但因為還沒開始工作，有一半左右的桌面空著，唯有那裡乾淨整齊得有點誇張。那是來打掃的太太把放在那裡的東西推到邊邊，然後鋪上了一塊方巾的緣故。在那一小片空間上，整齊排列著不見一根菸屁股的菸灰缸兩只和墨水一瓶。我帶著些許感慨，望著主人不在的桌子。

「三天了嗎？」我問道。

「是啊，還來了好多人呢。」母親說。

「原來如此。」我說。

沒錯，主人去世第三天的慌亂跡象，如今依然充斥在這個家中的許多地方：隔壁的會客室傳來美津和兩三個好像是來自銀行的客人談話的聲音；起居室那邊雖然聽不到什麼聲音，但昨晚住在我們家的美津妹妹一家四口，應該正在做出門前的準備。另外還有過來接他們的一對夫婦。此外在庭院邊上修理車庫破損鐵捲門的兩名建築公司年輕工作人員，正與幫忙清理房間的太太站著聊天。從我坐的地方可以看到最後這一組人。

這時我突然意識到，母親現在會不會正處於狀態感覺之中？到底有沒有「狀態感覺」這種說法我不知道，也不確定這樣形容適不適當，但此時此地，確實存在著讓母親以為這個家的主人死後第三天的若干感知的資訊。我的工作桌呈現的是原來坐在那裡的人離開了三天左右的整潔，家裡則是主人辭世經過三天左右應該會有的各色人等的進出。也許還有其他我沒注意到卻進入母親意識的一些資訊。根據這些資訊，母親創造了獨自的世界，然後活在那場戲裡面。至少，母親現在是活在主人已經去世三天的這個家中，她可以悲傷，也可以服喪，在自己所編織的戲劇裡，母親可以演出任何角色。

如此一想，我所看到的母親老衰世界的面貌，突然迥異以往。母親曾在早餐吃過才沒多久，很快就覺得黃昏降臨了；反過來，她會把黃昏當做早晨。反正早晨也好、黃昏也罷，只要讓母親感覺到早晨的因素，對她而言就是早晨；接收到黃昏的資訊，她就會堅持認作黃昏沒有其他可能。

我雖只是和母親對坐喝茶，卻很想跟母親說：「奶奶，發生了不得了的事情呢，今後您真的要活在一個人獨自的世界了。」那是一個對別人而言不成立、只有自己一個人存在的世界無疑。母親依據自己的感覺，截取現實的斷片，然後重組而成的世界。

可是如果要讓母親自己說，或許她會告訴我，這可不是現在才開始的，很久很久以前自己就已經那樣子活著了。多年以前我就已經把黃昏當做早晨、把早晨認作黃昏了。

這個事件就此告一段落，但類似的事件還有一次。七月初，美津和幫忙家務的太太兩個人將大量的行李裝上汽車，出發前往輕井澤。她們盡可能將山莊加以整理，以便不久後正式上山避暑。就在她們要出發前，母親對站在玄關口的美津說：「我有話要對你說。」語氣和平常不太一樣。

美津想回頭往裡面走，母親卻說，我們到外面吧，然後自己套上木屐，走在前面出了玄關。她並沒有走向大門，而是打開廚房那邊的便門，繞到庭院去。美津在後面尾隨，跟著母親走到庭院一角的紫丁香旁邊。

「有件事我一直想告訴你，」她以此為開場白，然後說道：「老家那邊和我一起住的女人，是沒有血緣關係的外人。這件事，你知道就好。」

母親想跟美津說的就這件事沒別的。我是在第二天晚上，美津從輕井澤回來後才聽她說的。

「奶奶是非常認真的。那語氣就像是，這件事我從來沒有對別人說過，只因為你一走就沒有機會了，所以趁現在跟你說一下。所謂老家一起住的人，不就是志賀子嗎？她真的好可憐，明明是奶奶的長女，卻被當做沒有血緣關係的外人。」美津說。

這時我立刻想到這件事和我被當做死者的情況是一樣的。我被當做已經去世的人，美津則被當做即將離去的人。那天，美津從一早就忙著前往輕井澤的準備工作，一邊還要和山莊管理人通電話，看起來非常忙碌，我想母親接收到種種離別的資訊，大概認為美津將有遠行，兩個人以後恐難有再見的機會。出門之前美津擦拭了佛壇，或許這個動作也引起母親某種反應，而聽說美津還與前後兩組來訪者站在門口談話，這一切都給予母親我們無法想像的刺激也說不定。不管怎麼說，她為了即將遠行的美津，做了母親該做的事。她在自己製作的連續劇中，讓自己扮演一個角色粉墨登場。

之後兩三天，關於母親的這個事件成為起居室的話題。這時芳子提到若干年前自己經驗過的關於京都祖母的事。所謂的京都祖母講的是美津的母親，幾年前以八十五歲高齡去世，去世之前半年左右，曾經來東京我們家小住，芳子說的就是關於那時外祖母的事。有一次，趁著其他家人不在，外祖母將五百圓紙幣一張塞給芳子。

「我直說不要，結果不拿還不行呢。我不知道怎麼形容才好，那時外婆的眼神一副拚死命的模樣。那是緊盯不放的眼，拜託你拿去的懇求眼神。不拿不行啊，如果不接受，我覺得外婆一定會哭出來的。」芳子說。

這是芳子第一次提到這件事。京都祖母雖然沒有母親那麼嚴重，但在晚年也是明顯呈現老衰的徵兆。我想年臻耄齡的老人大概都在同樣的世界活著。京都祖母到底編造了怎樣的一齣戲，無人知曉。她也和母親一樣，那時肯定活在周遭任何人都無法知悉的世界中。

「雖然情況類似，但伊豆的奶奶和京都的外婆還是有很多不同。伊豆的奶奶將老爸當做去世的人，把老媽當做即將離家而去的人，總覺得有一種惡意的成分。京都的外婆則單純多了。伊豆的奶奶啊，絕對不會拿零用錢給孫女兒啦。」兩個兒子中的一個說道。

「就算年老昏聵了也還是有個性的。伊豆的奶奶演的是新劇，京都外婆是新派㊳。」另一個兒子說。

母親在東京待了不到一個月時間。志賀子來電，說託大家的福，她的二女兒平安

㊳新劇、新派，是日本近現代戲劇演出派別分類。新劇原來以師法歐洲近代戲劇為發展目標，相對於歌舞伎等所謂舊劇而名之為新劇，風格較為複雜；經過一九七〇、八〇年代的地下劇團運動和小劇場運動，新劇已經變成另一種相對古典的演出形式。新派則興起於十九世紀末葉，多以當代庶民哀歡為主題，風格比較平易。

產下一名男嬰，最近就會回自己的家去，所以任何時候將母親帶回去都沒有問題；最近連續兩個晚上夢見母親，多少有些不安。至於我的考量，也已經到了該轉去輕井澤的時節，不早點上去的話，讓母親在一天天熱起來的東京待著是不行的。

送母親回老家的任務由桑子擔任。桑子完成任務回來後說：「奶奶啊，完完全全變成一個很乖很聽話的奶奶了。不過，變成那樣反而教人擔心吶。奶奶因為老衰而忘記很多東西，現在我看是連老衰這件事她都忘了。」

七個月後的翌年二月底，以她的兒孫至親為主，聚在一起為她慶祝米壽[39]。那是母親去世前一年二月的事。母親生日為二月十五日，為了配合上班者的時間，將壽宴推遲十天，選擇在故鄉一家溫泉旅館的宴會廳舉行。兒子、女兒、他們的配偶、孫子、曾孫，合計二十四人，共同為虛歲八十八的母親慶生。席開三桌，最裡面的餐桌坐了弟弟夫妻、志賀子夫妻、桑子、美津和我，一起陪母親用餐。

進入壽宴會場前，母親似乎多少瞭解大家是為了她的緣故才聚在一起，因此看起來非常開心、滿心期待，可是就座之後，當大家開始奶奶長、奶奶短，輪流向她敬酒，孫輩也陸續送上生日禮物的時候，母親變得有些焦慮。桑子坐在她旁邊，幫她把料理夾到小碟，挑選比較軟的食物，但母親一副「我可不會上當哦」的表情，對食物並沒有什麼特別的興趣。

「怎麼了，奶奶？這是奶奶的壽宴哦。」志賀子說。

「我的，是嗎，我的壽宴？」母親說。

不過，母親並非不瞭解這個壽宴是為她舉辦的。畢竟這是為她而開的宴會，大家也都在向她說恭喜恭喜，她是知道的。但是要不要愉快地全盤接受大家的好意，這一點她是無法說服自己的，而我所熟知的母親就是會有這樣的反應。每個人都向自己道恭喜，看起來是在恭賀自己，但本人可不覺得有什麼可喜可賀的。母親從頭到尾都是這副表情，眼神也不是很自在的樣子。孫子表演唱歌，曾孫跳幼稚園學來的舞蹈，母親看了只是嘴角虛應地浮現一下笑意，眼神立刻飄往別處。總覺得她心情

㊴「米」字可分拆為「八」「十」「八」三個字，八十八歲壽辰俗稱「米壽」。

有些沉鬱，無法怡然忘憂。

宴會進行到一半，我們請來拍紀念照的攝影師到達會場，志賀子拿出為母親準備的紅頭巾和紅色無袖羽織㊵，母親始終無法接受那奇怪的紅色衣物，結果被志賀子斥責了幾聲，於是勉強在拍照時戴上紅頭巾、披上紅色羽織。母親非常不耐煩，那些東西真的不適合她。一拍完照，母親表示怒意的方式，就是迫不及待脫掉，好像是在說這根本不是人該穿戴的東西。

雖說我是這場壽宴的主辦人和召集人，對於年輕人所設計的節目我並沒有表示什麼意見。母親以外的每個人都非常開心，氣氛也愈來愈熱絡，唯獨母親一個人悶悶不樂。

或許母親現在正回到年幼時光，置身於更加豪奢的世界也說不定。若真是這樣的話，在她看來，這場壽宴大概很寒酸吧。這樣的排場，到底在慶祝什麼雖然不清楚，總之是敬謝不敏。或者家裡這兩三天為了慶祝她米壽而顯得有些忙亂熱鬧，母親從周遭的空氣中搜集了若干感覺的資訊，再拼湊出與壽宴完全不一樣的劇情，然後活在其中也說不定。

儘管如此，對壽宴中始終鬱鬱寡歡的母親，我並不會感到不舒服。我反而覺得這很像我所知道的母親，大概是近年來最像母親的一次。從母親的角度來看很難說是成功的壽宴次日，我們幾個兄妹難得在老家聚首。昨晚的宴席上絕少開顏的母親，現在被兒女圍繞，臉上一直帶著笑意。是什麼讓母親改變了，誰也不知道。

母親身心的衰退程度，大家都看得一清二楚。她幾乎不說話，雖然也和從前一樣一件事反覆說個不停，但只是低聲囁嚅猶如自言自語，反而不太引起注意。此外只要她一落座，就不再起身走開。移動身體對她而言似乎非常吃力，即便旁邊已經沒有人，她依舊原地坐著，這樣的母親在兩三年前是難以想像的。

「幸好這樣，最近我終於從奶奶的束縛中解放了。半夜起來漫遊的間隔愈來愈久，現在大概好幾天才一次。不過，一旦起來的話，活脫脫就是個幽靈，動作非常

㊵穿在和服之上，防寒或做為禮服的外套。

緩慢，簡直跟鬼魂一模一樣。以前呢，我去廚房她就跟到廚房，去玄關跟到玄關，一整天跟著我團團轉，最近卻是突然——，常常因為發現奶奶沒有跟在後面而嚇一跳。」志賀子說。

那一天，大家盡可能陪在母親身邊，然後談起母親曾經各住了幾年的父親任地的話題：台北，金澤，弘前，主要是關於這幾個地方的事。

女兒們問她：奶奶，那個人您認識嗎？我和弟弟也會問道：奶奶，那個人您還記得嗎？

母親對那些人幾乎都沒有什麼記憶了，但偶爾也會回道：「啊，那個人很不錯，是個親切的人呢。不過家裡沒有小孩，後來不知道怎麼樣了。」瞬間，母親的臉突然充滿生氣，好像已然壞毀的頭殼裡射進了一道光線，讓她的兒女們驚奇不已。母親總共記起了三個還是四個人。在母親腦海中，名字和人如果能夠兜攏在一起，我們從她的表情就可以看得出來。當想起一個人的時候，母親的嘴裡說出來的都是同一套臺詞。

「啊，那個人很不錯。是個親切的人呢。」

相反，如果兒子或女兒們提到的人物她無論如何也想不起來，就會默默搖頭，有時則會說「反正也不是什麼要緊的人嘛」這種教人哭笑不得的話。

既然會讓自己毫無印象，肯定不是什麼要緊的人。大概是這個意思。

「果然是奶奶啊。把自己失憶放在一邊，然後歸因於別人。」桑子說。

這時，弟弟也有些感慨地說道：「我是這樣想的，看到奶奶的狀況，不得不相信，人一旦老衰，對自己的孩子和毫無血緣關係的人，大概也不太分別了。為人子女的總會覺得父母至少不會把自己給忘了吧，這樣想未免太一廂情願，我老早就被她忘掉了。當然像這樣聚在一起，她多少會感覺到我們是和她有特殊關係的人，可是呢，她並不覺得我是她的兒子。告訴她名字的話，她或許知道這是她兒子的名字，但那個名字和我這個人卻連結不起來。我是什麼人，老早就被奶奶忘得一乾二淨啦。」

「說到這個，我和奶奶一起生活了十年以上，每天忙著照顧她起居，也不知道從什麼時候開始，她不再認為我是她的女兒了。好像是把我當做一個有點年紀的鐘點女傭，都稱呼我歐巴桑、歐巴桑的。反正就是自以為是，這個啊，哎，沒辦法呀。」志賀子說。

老實說志賀子真的是抽到了下下籤。如果連志賀子都可以忘，母親肯定也不認得明夫了。至於我和桑子，不知道為什麼，她好像一直到相當晚都還記得是自己的兒子和女兒，可是這兩三年逐漸變得怪怪的，然後我們也不知不覺被列入了遺忘組裡了。

「早忘、晚忘，結果還不是一樣。現在誰也不吃虧，我們都一起被遺忘了。終於大家都被母親遺棄了。連父親都被遺棄了不是嗎？老衰這東西真是恐怖啊。」我說。

我們並不清楚母親是何時將父親給忘了的，留意到這件事的時候，母親記憶中父親的存在已經極為稀薄。借用弟弟的說法，母親的老衰，對共度漫長人生的父親也沒有給予任何特權，和其他人一視同仁。

「不過，另一方面，奶奶對非常久遠前的人還記得幾個，而且記得可清楚呢。」桑子說。

「對自己親切、覺得是好人的就記得，否則只有遺忘。就這個標準看來，我們這些做兒女的，大概不算什麼親切的人，也不是什麼好人啊。」弟弟說。

「大概吧。」

「是這樣沒錯啦。我也是剛剛才有這個想法，以奶奶那樣的性格，『啊，多麼親切的好好先生』、『啊，多麼樣溫柔體貼的人』、『啊，那個做了糟糕的事的人』、『啊，那個講話令人討厭的傢伙』；我覺得她這種感覺模式非常明顯，毫無疑問比一般人強烈太多了。而且，在她心中，一定把親切的好好先生打個圓圈，把相反的那些人畫一條斜槓。不管打圈圈或是畫斜線，如果沒有變得老年癡呆的話也都無所謂，但不知是幸或不幸，她成了失智老人。腦筋不清楚以後，就把畫斜線的人先忘掉。失憶這種事，說不定也有分前後順序，不過基本上，大概就是從某個端點開始一個個忘掉的吧。」

「那不是跟註銷一樣嗎？」

「真的就是字面意義上的註銷吶。每次我要寫賀年卡的時候，就把一些不會再聯絡的人從地址簿上面給畫掉，類似這樣吧。」

「看起來，我們都是地址簿上註銷掉了的人。那到底是什麼時候被畫上斜線的呢？」

「那真是好大一筆斜線啊。」

「會是什麼時候呢？」

「誰知道。」弟弟說。

弟弟有點半開玩笑，但也不完全是無厘頭，有些說法不得不讓人多想想。畢竟我們都會把人生路途上認識的人寫在地址簿上，然後塗塗改改。

「那閣下是什麼時候被奶奶畫上斜槓的呢？」志賀子問弟弟。

「我想想看，年輕的時候為了工作的事曾經和老媽有過爭執，大概就是那個時候也說不定。」

「會不會太早了些？」

「反正那時候一定被畫過線啦。如果奶奶不失智的話，只不過是被畫上一條斜槓罷了，現在是整個被塗抹掉了。」

聽了弟弟的話，我覺得如果要說母親將弟弟抹消的時間點，應該是他變成別人家養子的時候吧。本來有人來談弟弟婚事的時候，母親是非常贊成的，當然她也有點太衝動了。這樁被女方收為養子、繼承對方家業的婚事順利談成，親生的孩子要離開變成別家的人，突然想到自己就要被這個從小疼到大的孩子所遺棄，大概很沮喪失望吧。如果母親要在弟弟名字上面畫一條線，或許就是那個時候也說不定。

「父親呢？」桑子問。

「那個嘛，我想應該是終戰的時候。」

這次，是我回答。如果說父親也被母親給畫個槓的話，應該不會有別的時間點。一生服務軍旅的父親，他的權威與榮光，在戰爭結束的同時也一起遭到剝奪，然後以毫無價值之姿被丟進敗戰的社會，這時母親大概很想跟父親說：這未免也差太大了吧？父親還在軍中的時候，對母親的宰制有如暴君，母親任勞任怨地全心侍候他；退役後突然發了隱遁癖的父親幾乎與社會斷絕往來，也是母親出面擔任老家的在鄉婦人會長㊶，盡了一個軍人之妻的責任。母親是個自尊心強又好勝的人，由於終戰使得父親的權威暴跌，對母親一定是相當的打擊。這時的她也許也曾想對父親說一些重話也說不定。如果要畫槓，應該就是那個時候吧。

「這樣一來，我也好，桑子的老公也好，恐怕都在終戰時被畫上了一槓啦。」明夫說。明夫原來也是軍人，桑子的丈夫則是軍醫。

「哥哥什麼時候被畫的呢？」桑子問我。

「和美津結婚的時候吧。如果不是，那就是沒有當成醫生、變成記者的時候了。當我跟她說我要當新聞記者，她聽了臉色非常難看。」我說。

代代以醫療為業的家族系譜因為我而改變了。我大學沒有選擇進入醫學院就讀，對從小在外曾祖父清司膝下成長即堅信這個家是個特別的醫生家系的母親而言，絕對是令她難以置信的事。不過我也覺得，應該還有別的事情，讓母親在我一無所知時在我的名字上畫了一條斜槓。不只是我，弟弟、志賀子、明夫、還有桑子，大約也都是在自己不知道的情況下，讓母親畫了線吧。

當我們自顧自興致勃勃地談著這個話題時，母親正坐在隔壁房間的椅子上仰著臉小睡，臉上還蓋著一條手帕。雖然神智不清，卻還是非常注意自己睡覺的模樣，這一點也很符合母親的個性。她有很多地方，我們這些做兒子、女兒的遠遠比不上。

從母親米壽的壽宴那年秋天直到翌年春天，我回過老家三次，每一次看到母親都覺得比上一次縮小了一輪。她小小的身子整天窩在面對中庭房間的暖桌㊷前面。天冷的時候可以取暖，不需要取暖的時候，母親也照樣坐在那裡。晚上就把寢具鋪在

㊶明治中期以降，為了牽制地方改革運動和婦女解放運動，在政府鼓勵下成立了各種婦人會，在戰時更成為軍方的協力者；戰後則變成類似公益團體的鄉里組織。

㊷日本傳統取暖設備，漢字做「火燵」或「炬燵」，古代用炭火，現在靠電力，做成矮桌形，發熱裝置放在桌面底部，桌面上再鋪一層暖被，可以將雙腳放進桌下取暖。

都異常吃力了。

暖桌旁，讓母親在那裡就寢。以前是庭院哪怕只掉下一片葉子都逃不過她的法眼，立刻起身去撿起來，基本上是一刻也不得閒的人，如今母親似乎連稍微動一下身子都異常吃力了。

只有吃飯的時候，母親會來到起居室的餐桌前坐下，食物僅僅攝取維持身體最低所需的分量。我們總是將煮得甜甜軟軟的豆子盛一小碟給她，而她也只吃這一味。肉類一概不吃，蔬菜、水果也是一樣。她從年輕時代就有些偏食，年紀愈大好惡傾向愈明顯，對不喜歡吃的東西連正眼都不瞧一下。志賀子說，奶奶只要有厚煎蛋和煮豆就心滿意足了，一定是小時候淨愛吃這兩樣東西。

母親的食量愈來愈小。她不說話，所以也不知道她老衰的狀態進展到什麼程度。偶爾有客人會坐到母親的暖桌旁邊，母親雖然不知道面前坐的是誰，卻會臉上帶著笑意說「今天的天氣不錯呢」或是「你這一向可好啊」之類人人通用、無傷大雅的問候語。她非常努力不讓人看出她的老衰。正因為母親自尊心如此之強，儘管體力已經衰頹不堪，但大小便失禁幾乎不曾發生，志賀子也不需為此吃什麼苦頭。何況從溪谷引流過來的溫泉，讓浴室整天不缺熱水，即使真的發生這種事，清埋起來也比較簡單。不過我想在這種情況下，能不能是一回事，恐怕母親心裡一定希望不要假手志賀子，一切自己處理。

新年返鄉的時候，目睹母親老衰得如此嚴重，甚至有心理準備她隨時會倒下。明夫和我的看法相同，倒是志賀子、美津和桑子一干女眷卻認為母親很可能會繼續維持這種狀態好幾年。

今年五月到六月，我有一趟阿富汗、伊朗、土耳其之旅，我希望出發前能夠和母親見個面，連歸省的日期都和志賀子夫婦講好了，到了那天，車子也叫了，卻突然決定取消。因為總有一種和母親訣別的感覺，想想還是不要去比較妥當。我打電話向志賀子說明這個情形，並告訴她在我旅行期間如果母親方面有重大變故，請她和美津、桑子商量，一切按照她們的想法安排即可。

「哎呀，奶奶是不會隨隨便便走人的。昨晚她睡得很沉，今天早上起床時間到了卻還一直睡，我特別去察看了兩次。她皮膚非常光滑，嬌滴滴的。比起來我反而更像老太婆呢。」志賀子說。

我從長旅歸來已經六月底，梅雨季還沒過。搭著車在沙漠和邊境地帶連日奔馳的酷烈行程造成的疲累，讓我整個夏天好像變成另一個人似的。八月之後前往輕井澤避暑，但在輕井澤依舊夜不成眠。

終於從旅行的疲憊中恢復過來，時序已經進入九月，在東京書房的敞廊抬頭看到秋日令人賞心悅目的晴空時，突然決定要回故鄉一趟。上一次回老家是半年前的事了。我眼中看到的母親並沒有什麼改變，她還是坐在面對中庭房間拿掉被罩的暖桌前面，像應對陌生人一樣和我打招呼。正如出發旅行前志賀子在電話中告訴我的，母親臉上的皮膚光滑，講話的時候略帶羞怯，整個感覺豈止不像老太婆，不如說是少女還更貼切。

我在老家住了兩晚。第二天晚上，我從二樓下去，走在通往洗手間的走廊上時，正好遇到剛從洗手間出來的母親。穿著睡衣的母親畢竟是與年齡相應的老人身姿，也有一張老人的臉。

「下雪了。」母親說。

我回說並沒有在下雪，她聽了臉上立刻浮現一種不以為然的表情，然後低聲呢喃，再說了一次「下雪了」。

我送母親回到寢室，但我在門口止步，回頭往洗手間走去。根本不可能下雪，我打開洗手間的窗戶，看著外頭。戶外一片漆黑，但夜空的一部分可以看到星光，後院草叢中鳴蟲之聲清晰可聞。

我在回二樓房間途中，查看了一下母親的寢室。床上鋪了被子，但母親並沒有睡在那裡，而是像白天一樣坐在暖桌前面。才九月底的天氣，看母親穿的睡衣並不覺得她會冷，但我還是將疊放在枕邊的外袍披在母親身上，然後隔著暖桌在母親對面坐下。我是想知道母親的錯覺從何而來才坐到母親面前的。我還沒開口，母親又說道：「下雪了。地上都是雪。」

「你覺得好像在下雪是不是？」

「本來就有下啊。」

「雪是沒下，不過有星星。」

聽我這麼說，母親一副很想反駁的樣子，可是又好像想不到什麼適當的話只好保持沉默，一陣子之後才說：「你聽，正在下雪，有沒有？」

她一邊說話一邊好像專心在傾聽外頭下雪的聲音。我也學母親豎著耳朵聽。戶外也好、室內也罷，整個寂靜無聲。志賀子夫婦在他們的房間裡面，時間已經過了十一點很久，我想他們早就睡了。早年，母親的祖父，也就是我的外曾祖父清司用做診所兼住家的故鄉這棟房屋，雖然說不上大，但每到夜裡，就靜得有如毫無人氣的空屋。

我覺得現在的母親，不知道什麼時候又回到東京時期那種狀況的感覺當中了。和母親隔著拿掉被罩的暖桌對坐，籠罩在兩人周遭的夜之寂靜，確實有點像無聲的雪夜。不過母親應該有超過四十年以上不曾置身雪夜了。父親以軍醫身分赴任的地方，旭川、金澤和弘前都是有名的雪鄉，但旭川時期是母親二十二、三歲的時候，金澤和弘前則是父親臨近退役前所待的地方。父親是在弘前的任上退休的，算一算至今已經過了四十多年的歲月。

「還記得弘前的事嗎？弘前在新年期間每天都下雪吶。」我問。

母親一副不得要領的表情。問到金澤的時候也一樣。

「嗯，是有下雪。」

母親在無法即時回答我問題之後，給了我這樣的答覆，明顯只是隨口說說而已。

「奶奶去過的地方，旭川的雪最多了。一晚接著一晚下個不停。」我說。

「是哦，一晚接著一晚，雪下個不停的地方。」

母親微微歪著頭，好像很努力想喚起久遠的回憶似的，看在我眼裡，那是一張多麼辛酸而哀傷的臉啊。

接著母親表情一變，說：「全都記不得了。頭腦不聽使喚啊。」

「不要再想了，記不得也沒關係哦。」我說。

說起來有點奇怪，但是母親努力想要記起什麼的表情，或是她把頭歪一邊、臉朝下眼睛盯著膝蓋的這些動作中，似乎總帶著一種懺悔的虔誠和痛心。我沒有權利要求母親回憶過往。對母親而言，從遺忘的記憶中試圖喚起些什麼東西，或許恰如要從下雪的冰凍湖沼中撈出一札札沉沒木片的作業也說不定。這麼做肯定辛酸而哀傷，被撈出來的一札札木片也會滴著冰冷的水珠。

我侍候母親睡下，然後走出她的寢室。那一晚，我躺在二樓房間的床上，不禁想著母親置身於降雪的夜裡，很可能不只是今天晚上而已。會不會昨天晚上、前天晚上她也都聽到雪降的聲音，在傾聽降雪之聲中度過夜晚的時間，在降雪之聲中睡著；會不會明天、後天也是如此，同樣的夜晚一再降臨？我想，母親現在的身影，應該就是絕對孤寂的身影吧。如今既對人世間的愛別離苦無感，對他人的死亡或奠儀什麼的也不再操心了，一段時期曾猛烈驅動母親的本能之青色殘焰也消失了。即使置身雪降的夜晚，但在其中編造劇情、自己也參與演出的心身同時都頹敗了。或許她回到被教養成一個高傲少女的年輕時光，然而舞臺的燈光已經熄滅，所有亮麗多彩的道具都被黑暗所吞沒。漫長生涯為伴的丈夫不在了，兩個兒子、兩個女兒也從意識中消失；弟妹、親戚、朋友、熟人全都一一離去。也許不是離去，而是被她拋棄了。母親如今在小時候生長的家中孤獨地活著。每個夜晚，母親四周都飄著雪花。她唯能守護著已然遺忘的遙遠年輕時代內心深處鏤刻的印記——那純白的雪之顏。

第二天，我九點左右起床，在起居室的椅子上坐下，吃白點晚的早餐。母親來到我旁邊，坐在沙發上望著庭院，但不時回頭看看我。似乎有什麼非說不可的話要對我說，可好像又不知怎麼說或要說些什麼的樣子。

「下個月我會再來哦。」我說。

「嗯，下個月吶。」

母親臉上露出笑意，但看起來她既不知道我是誰，也不清楚所謂下個月是什麼時候。

十點整叫的車子到了。

「我告辭了，奶奶要保重哦。」我說。

母親送我到玄關口，「要回去了？」

她想走下地面，我請她留步。她站在玄關口高出地面的木板臺階上，說：「我就不送了。」

我臨上車時，回頭看了母親一眼，她的臉朝向我，兩手則忙著整理衣襟。母親非常努力想要將衣襟拉正，她是想將和服不平整的地方拉正來送客吧。這是我所看到母親最後的身影。

我和桑子搭的車子將近中午的時候抵達老家。做為母親臥室的房間裡面，幾位親戚和鄰居圍著桌子坐在那裡。臥室和後面和室中間的紙拉門已經取下，和室裡面鋪了一床棉被，上面安放著母親的遺體。和室也坐了三、四位親戚，我和他們點頭示意過，即走向母親的遺體前面。母親的臉安詳美麗猶如玩偶，微翹的嘴角教人聯想到年輕的母親故意裝腔作勢時的表情。我摸摸她的臉，也摸摸她的手，像冰一樣冷。

志賀子走了過來，「手很冰對不對？稍微握一握，很快就暖起來了。」她說。我照她說的去做，感覺我的體溫立刻傳導到母親那皮包骨的手上。母親的手好像被洗刷過般白皙，上面浮現青色的血管。

傍晚時分，兩、三里外村落的年輕僧侶來到，開始母親入殮前的誦經儀式。七點的時候，從東京趕過來的美津和長女也到了。待她們兩位燒過香後，即舉行入殮。在親戚中的女眷幫忙下，為母親套上白色手甲、腳絆，穿上白色單衣㊸。即將上路的旅人颯爽之姿。志賀子將守護短刀放在母親懷中㊹。桑子、美津和孫輩們將菊花擺滿母親臉龐四周。

當晚舉行守靈。桑子的女兒夫婦也來了。桑子女婿是一位年輕的精神科醫師，最近兩年不時過來探望母親，順便進行診斷。母親晚年可以過得比較平靜安穩，我覺得和這位年輕醫師的投藥很有關係，於是我代表去世的母親，向我這對年輕的外甥

㊸「手甲」，套在手腕保護手掌的布套；「腳絆」，類似綁腿；白色單衣日文漢字寫做「帷子」，為沒有加襯裡的棉衣或麻衣。

㊹短刀象徵保護亡者不被鬼怪所侵害。

女夫婦致謝。

年輕醫師大約十天前也到過這裡為母親看診，他向我說明當時診斷的結果，完全沒有預料到事情會急轉直下。

「最後還被奶奶狠狠修理了一下吶，」年輕醫師笑著說：「診察結束後，我們在奶奶房間，大家一起喝茶聊天。奶奶看著我，向坐在我旁邊的妻子問我是誰。妻子回答她，不是剛剛才幫奶奶看診的醫生嗎？奶奶放低聲音，也沒有特別要說給誰聽，喃喃說道『醫生真是各色人等都有啊』，把我嚇了一跳，真是被她打敗了！」

我覺得在母親乾枯羸弱的身體中，即使到這種時候她個性的最後碎片依然「啪」地點燃，釋放出微細的火焰。

中間隔了一日，二十四日那天，我、美津、桑子、志賀子夫婦都在五點起床。六點整，我站在放置母親遺體的棺木前，從旁看著所有至親一個個輪流和母親做最後的告別。母親的臉龐看起來依舊像帶著青澀稚氣的女孩，同時也還是有颯爽之感。

我拿著石頭將釘子釘在棺蓋上。棺木被抬上巴士型靈車後，親戚和鄰人共二十名左右也跟著坐了上去。車子行走在下田大道㊺，到修善寺㊻轉彎離開大馬路，開上沿著大見川的鄉道前往火葬場。小小溪谷到處是紅葉，散落各處的村莊不知道是不是周圍紅葉的關係，顯得有點濕濡。

抵達火葬場後，先是有僧侶誦經，結束後，靈柩立即送進火葬坑。我在火葬場職員的帶領下，繞過建築物的後方，然後再度進入屋子，在火口前站著。接著依照職員的指示，以火柴點燃浸過燈油的布片。瞬間，紅色烈焰從火口內部升起，發出轟轟的燃燒聲。

大家在休息室待了兩個鐘頭。一名年老的工作人員過來通報，我們走出休息室，回到兩個鐘頭前放置母親靈柩的火葬坑前站著。很快老先生將一具沒有加蓋的長方形金屬製箱子拉了出來。裡面是母親的骨殖。骨殖要分為直系血親撿拾的部分，以

㊺即下田街道，即穿越天城山、縱貫伊豆半島的交通要道，相當於四一四號國道，為川端康成《伊豆的舞孃》、松本清張《天城山奇案》的舞臺。

㊻伊豆市地名。

及給其他人撿拾的部分，老先生用長筷幫我們分好。首先由我撿拾，然後再由至親依次撿拾，放進白色的罈子；最後留下幾片由我來撿拾，全部裝到骨灰罈以後，老先生以鐵絲十字交叉固定，包上白紙，再放進白木箱，最外面再套上金線刺繡的絲質袋子。

我抱著它，最後一個上車。車子最後空著等我就座的位子，我在那裡坐下，將放了母親骨殖的罈子置於膝上，兩手合抱。這時我想的無非是，母親在漫長而激烈的戰鬥中一個人孤獨地奮戰著，奮戰終了，如今成了一小撮骨頭的碎片。

井上靖年譜

年份	年齡	事件
一九〇七（明治四〇）年	誕生	五月六日，生於北海道旭川町（今旭川市），為父親隼雄和母親八重的長子。 父親出身靜岡縣田方郡上狩野村門野原（今伊豆市門野原）世家，原姓石渡，時任第七師團軍醫部二等軍醫；母親為同村湯之島世代業醫的井上家長女。隼雄成為井上家養子，與八重結婚，改從女方姓氏。
一九〇八（明治四一）年	一歲	第七師團移防朝鮮，井上靖與母親由外祖父伴同回到湯之島老家。
一九一二（明治四五）年	五歲	在父親任職地東京、靜岡短暫居留後，因妹妹出生，井上靖再度被送回湯之島老家，由沒有血緣關係的佳乃撫養。 佳乃是八重的祖父潔所納的妾，潔安排佳乃分家另立門戶，戶籍上則登記為八重的養母。井上潔曾任三島病院院長，後回家鄉行醫，為伊豆名醫。 明治四十五年亦即大正元年。

於少將軍醫監職位上退休的父親隼雄（1880 年 5 月 25 日生）

母親八重（1885 年 2 月 15 日生）

與母親、妹妹靜子合影

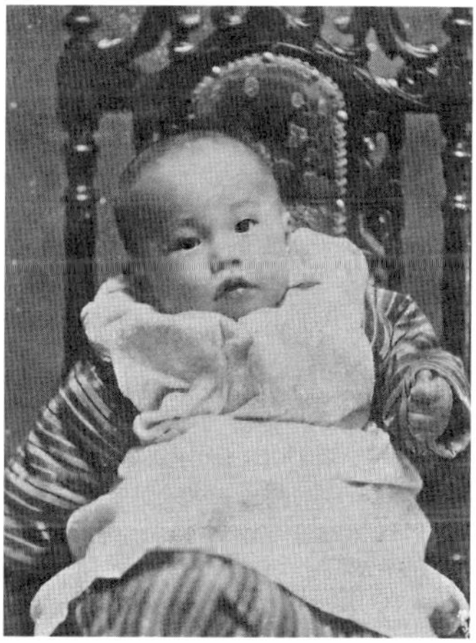

繈褓中的井上靖

一九一四（大正三）年　七歲

湯之島小學入學。

一九二〇（大正九）年　十三歲

佳乃染患白喉過世，井上靖回到當時住在濱松的父母身邊，進入濱松師範附屬小學高等科就讀。

一九二一（大正十）年　十四歲

靜岡縣立濱松第一中学（現濱松北高等学校）入学。

一九二二（大正十一）年　十五歲

父親移防台灣，擔任台北衛戍病院院長。台北衛戍病院位於小南門南方，今天臺北市立聯合醫院和平院區也在當年衛戍病院範圍內。寄住位於三島的伯母家，自濱松一中轉學靜岡縣立沼津中學（現沼津東高等學校）。

一九二四（大正十三年）年　十七歲

除井上靖外，全家移居台北父親駐地；井上靖由三島的親戚照顧。

結交喜好文學的朋友，學會喝酒、抽菸，開始感受文學的魅力。

中學四年、五年暑假兩度自神戶搭船前往台北與家人短期團聚。

與學生時代友人合影

一九二六（昭和元）年　十九歲
中學畢業，前往台北依親，度過一年浪人生活。此時井上靖的弟妹們應該是在台北市立城南小学校（現南門國小）就讀。

一九二七（昭和二）年　二十歲
父親調職金澤，全家從台灣搬回日本內地。金澤第四高等學校（現金澤大學）理科甲類入學，加入柔道社團，熱衷於苦練。徵兵體檢甲種合格，次年接到召集令，卻因練柔道肋骨骨折而停止徵召。

一九二九（昭和四）年　二十二歲
擔任柔道社團主將，但不久退出。開始寫詩，成為《焰》詩社同仁。

一九三〇（昭和五）年　二十三歲
九州帝國大學（今九州大學）法文學部（與法文無關，為法學、人文科學簡稱）英文科入學，移居福岡，但很快失去求學熱忱而休學，前往東京，耽讀文學。

一九三一（昭和六）年　二十四歲
父親在少將軍醫監職位上退休，隱居伊豆湯之島老家。
九一八事變（日本稱滿洲事變）爆發。

熱衷於柔道鍛鍊的金澤四高時代

一九三二（昭和七）年　二十五歲

再度接獲召集令，半個月後解召。進入京都帝國大學（今京都大學）文學部哲學科就讀，主修美學。這時開始連續入選各種小說徵文。

一九三五（昭和十）年　二十八歲

與原籍伊豆、有遠親關係的富美結婚，在京都建新居。富美為京都帝大名譽教授、解剖學者足立文太郎長女。足立是井上靖母方的親戚，從小由外曾祖父井上潔撫養長大，最重要的學術著作為《日本人靜脈系統的研究》，以德文寫就。

一九三六（昭和十一）年　二十九歲

京都帝國大學畢業。以〈流轉〉參加每日新聞社《每日週刊》徵文，獲首屆千葉龜雄賞；因此機緣進入每日新聞大阪本社工作（負責宗教、美術方面的報導）。長女幾世出生。移居兵庫縣西宮市。

《流轉》改編為電影（導演二川文太郎）。

應召入伍留影

紀念父親退休的家族合照（後排右為弟弟達，前排右為大妹靜子、前排左為小妹波滿子）

婚禮留影

京都帝國大學學生證照片

一九三七（昭和十二）年　三十歲　九月於名古屋再度被軍隊徵召，以負責軍隊後勤補給的輜重兵身份前往華北；翌年三月因病解除召集。

一九三八（昭和十三）年　三十一歲　移居大阪府茨木町（今茨木市）。女兒加代生後六日夭折。

一九四〇（昭和十五）年　三十三歲　與關西地區詩人安西冬衛、野間宏等交往。

一九四三（昭和十八）年　三十六歲　長子修一出生。

一九四五（昭和二十）年　三十八歲　次子卓也出生。

一九四七（昭和二十二）年　四十歲　次女佳子出生。全家疏開至鳥取縣日野郡（疏開，此處特指日本在戰爭末期為避免空襲造成集中破壞而將城市人口、物資疏散到鄉村的政策）。

一九四九（昭和二十四）年　四十二歲　移居故鄉湯之島。

移居東京。發表短篇〈獵槍〉、〈鬥牛〉。

長女幾世誕生

新聞記者時代

長子修一誕生

一九五〇（昭和二十五）年　四十三歲

以〈鬥牛〉獲第二十二屆芥川賞，正式在日本主流文壇登場。

一九五一（昭和二十六）年　四十四歲

從每日新聞社離職，專事寫作，逐漸成為報紙連載小說名家。

《戰國無賴》出版。

一九五二（昭和二十七）年　四十五歲

《戰國無賴》改編為電影（稻垣浩導演）。

一九五三（昭和二十八）年　四十六歲

《風林火山》出版。

一九五六（昭和三十一）年　四十九歲

《冰壁》出版。

一九五八（昭和三十三）年　五十一歲

《天平之甍》獲藝術選獎文部大臣賞。

《冰壁》改編電影（增村保造導演）。《冰壁》和《風林火山》是他被改編最多次的作品，除了電影，也都被改編成電視劇三次。

出版詩集《北國》。

芥川賞獲獎後全家開心留影，從此展開專業作家生涯

與喜歡攝影的長女幾世合影

一九五九（昭和三十四）年　五十二歲　《冰壁》獲日本藝術院賞。《蒼狼》出版。父親隼雄去世。

一九六〇（昭和三十五）年　五十三歲　以《敦煌》、《樓蘭》獲每日藝術大賞。半自傳洪作三部曲第一部《雪蟲》發表。

一九六一（昭和三十六）年　五十四歲　《淀君日記》獲第十四屆野間文藝賞。《獵槍》改編的同名電影上映（導演為五所平之助）。《獵槍》之後被改編為電視劇兩次，舞台劇一次。

一九六四（昭和三十九）年　五十七歲　《風濤》獲讀賣文學賞。成為日本藝術院院士。《我的母親手記》第一部〈花之下〉發表。半自傳洪作三部曲第二部《夏草冬濤》發表。

一九六八（昭和四十三）年　六十一歲　半自傳洪作三部曲第三部《北之海》發表。

於世田谷自宅書房工作中留影

熱鬧的起居室

一九六九（昭和四十四）年　六十二歲　《俄羅斯國醉夢譚》獲新潮社第一屆日本文學大賞。

《我的母親手記》第二部〈月之光〉發表。

《風林火山》改編為同名電影（稻垣浩導演）。

一九七三（昭和四十八）年　六十六歲　母親八重去世。

靜岡縣駿東郡長泉町駿河平「井上靖文學館」開館。

一九七四（昭和四十九）年　六十七歲　《我的母親手記》第三部〈雪之顏〉發表。

一九七五（昭和五十）年　六十八歲　《我的母親手記》單行本出版。

一九七六（昭和五十一）年　六十九歲　獲頒文化勳章。

一九七九（昭和五十四）年　七十二歲　《井上靖全詩集》出版。

一九八〇（昭和五十五）年　七十三歲　《天平之甍》改編為同名電影（熊井啟導演）。

一九八一（昭和五十六）年　七十四歲　任日本筆會會長。

與孫兒、孫女合影

獲頒文化勳章返家時留影

一九八二（昭和五十七）年　七十五歲　《千利休　本覺坊遺文》獲第十四屆日本文學大賞。

一九八六（昭和六十一）年　七十九歲　在國立癌症中心接受食道癌手術。

一九八七（昭和六十二）年　八十歲　最後長篇〈孔子〉在《新潮》雜誌連載。

一九八八（昭和六十三）年　八十一歲　《敦煌》改編為同名電影（佐藤純彌導演）。

一九八九（平成元）年　八十二歲　《孔子》獲第四十二屆野間文藝賞。

《千利休　本覺坊遺文》改編的電影《本覺坊遺文》（熊井啟導演）獲威尼斯影展銀獅獎（當年金獅獎得主為侯孝賢《悲情城市》）。

一九九一（平成三）年　一月二十九日去世，享壽八十四。葬於靜岡縣伊豆市。

一九九二（平成四）年　《俄羅斯國醉夢譚》改編為同名電影（佐藤純彌導演）。

與晚年的母親合影於湯之島老家庭院

一九九五～九七（平成七～九）年　《井上靖全集》（司馬遼太郎、大岡信、大江健三郎監修）共二十八卷出版。

二〇〇九（平成二十一）年　田壯壯改編《狼災記》為同名電影。

二〇一二（平成二十四）年　《我的母親手記》改編為同名電影（原田真人導演）。

二〇一三（平成二十五）年　母校湯之島小學廢校（一八七三～二〇一三）。

譯後記

—— 吳繼文

友人的母親個性彆扭，和親戚、朋友幾乎都斷了往來，只有和她南部老家高齡九十的媽媽還算常聯絡，也不時寄些老人家愛吃的東西過去，聊表愛心。一天她竟也接獲老媽媽從高雄宅配來的各色食品，裡面還夾帶了一張以顫抖筆跡寫滿的關於如何保存、烹煮、食用的註記，突然驚呼連連：「天啊，我不知道她會寫字耶！」

並非不在乎，卻愛得漫不經心。

井上靖自言，這本由成立於三個時期的三篇文字合輯起來的書，既不能說是小說，也不算隨筆；換個說法就是，這部作品既有小說的虛構，也有隨筆的寫真。對瞭解他的讀者而言，以他成長史為藍本的著名三部曲《雪蟲》、《夏草冬濤》、

《北之海》如果比較靠近小說那一端，而自敘傳《童年憶往》、《青春放浪》、《我的形成史》在紀實這一端，那麼本書正好介於其間。

父親由於職業（軍醫）的關係，每兩三年就必須調任一次，北至北海道，南到台灣；大概不希望他頻繁轉學吧，井上靖自懂事就和原生家庭分居兩地，被安置在伊豆山區老家，和一個沒有血緣關係的初老女子佳乃，住在一棟老朽的土坳庫房，相依為命。佳乃是井上靖非直系血親的外曾祖父井上潔所納的妾，沒有正式名分，被鄉里家族排斥、敵視，正好和天涯孤獨的井上靖成為忘年的盟友。外曾祖父死前對佳乃做了安排，讓她當井上靖母親八重的養母，另立門戶。陰差陽錯，這個輩分上算是井上靖外曾祖母、戶籍上則是他外祖母的外姓女子，竟然成為現在井上靖家系的第一祖，長眠於家族墓園。

伊豆半島多山，交通不便（那時出趟遠門必須先搭兩個小時馬車，再坐一個多小時輕便車，才能抵達東海道鐵路幹線上的三島火車站），雖然離首都東京不過百來里路，卻完全是兩個國度。然而自然界的豐饒，民風之淳樸，四時節慶之繽紛繚亂，讓善感的井上少年在懵懂中建構了屬於自己的世界，以抵抗無來由的孤獨與哀傷。父母家人總在遠方，他生命中關於家的最早印記，就是佳乃和老庫房。對他而言，奉獻式地照料他、溺愛他的佳乃，才是他的母親，甚至是情人；所有對佳乃不好、說佳乃壞話的，一律視之為敵人。這種同盟關係教人聯想諾貝爾文學獎得主卡內提（Elias Canetti）和他的母親，只不過發生在歐洲猶太殷商家族的故事更多了知性的啟蒙（《得救的舌頭》）。

父親隼雄帶著井上靖除外的其他家人，半生漂浪於日本列島、朝鮮、台灣之間，卻在五十壯盛之年退職還鄉，之後即隱遁不出，靠微薄的退休俸過著清簡的日子，不與外界往來，形同自閉；本來外向的母親卻也認命地隨丈夫在伊豆山野務農度日。然而這時井上靖早已成年，先是在京都大學就讀，接著是結婚、小說徵文獲獎、進報社工作、成為職業作家，除了偶爾歸省，還是和父母的生活沒有交集，簡單說就是一個和父母無緣的孩子。他知道父母並非不愛他這個長子，而他對自己的父母也一直有著複雜的情感，但也就是這樣。直到父親去世，母親日漸衰老，井上靖才突然驚覺，他並不真的瞭解父親（但已無從瞭解），而他同樣陌生的母親，則因為老年癡呆，以致過往人生的記憶開始整片整片的剝落。再如何努力撿拾殘缺碎片，想要拼湊母親生命的完整圖像，為時已晚。時間的黑洞吞噬了一切。你對深淵吶喊，只能捕捉疑似的回聲。仿佛再度被母親所拋棄。

在寫於同一時期的《童年憶往》中，作者自言，當他追想幼年時光，幾乎沒有母親單獨出現的畫面，即使到青少年時代亦然。母親為了他能夠順利考上中學，發願茹素，從此一生不沾葷辛，這麼重大的事件，他完全不記得。如果是為了重建記憶，像奧地利劇作家、卡夫卡獎得主彼得．韓德克（Peter Hardke）在母親於五十一歲那年突然仰藥自盡後所做的那樣（《夢外之悲》），這本書將註定是一場徒然。

早年的井上靖，非常刻意地讓自己不要變成父親、母親那樣，過著無欲、退縮、冷清的人生。他不喜歡過去打麻將、玩撞球、下圍碁和將棋的父親，於是自己一輩子都不碰這些休閒遊戲。他擁抱人群，總是成為朋友聚會時歡笑的核心。家族代代行醫，所有人都覺得做為醫生長子的他理所當然要進醫學院，學成後繼承家業，結果他卻選擇了父親最瞧不起的哲學科，主修美學。然而年過六十的他不得不承認，自己那猶疑不決、誰都不得罪的個性，簡直和父親一模一樣，而強烈的自我中心以及易感愛哭的德性，根本來自母親。多年以來，他讓自己成為這樣一個人：同時繼承了父親和母親的特性，卻強迫自己走一條和他們完全不一樣的路。從這個角度看，他成功了。可當他意識到，通過這些長期的、持續的對峙，他反而成了或許是世界上最能夠理解父母一生的人，可是卻讓父母帶著不被理解的憮然，無限孤獨地離去。做為人子至親，他又是失敗的。尤其當他痛切體認到，正因為性格的雷同，父母不也才是他最佳的理解者嗎？然而父親已遠，母親不久亦將關上最後一道門窗。這是多麼尷尬的挫敗啊。

晚年的母親，沒有什麼病痛，卻明顯老衰，身形不斷萎縮，變成輕如枯葉的一縷幽魂，「從此以往再無任何可能性的肉身已經來到了它的終點」，而嚴重的失憶，讓她從倫常、責任甚至命運的重壓中脫身，孤立於塵世之上，對人世間的愛別離苦已不再關心，而他人亦無從探入她此刻的內心世界。仿佛抵達太陽系邊緣的星船，無法接收或傳送任何可辨識的訊號，她成了永恆的神祕本身。

在此，一個小說家能做的，就是直面凝視生命那壯絕的神祕。物自身（das Ding an sich）儘管不可知，但你依然可以思索，試著對話、發問，並加以描繪，捕捉如幻的現象，呈現可能的真實。這一切作為，都是對德爾斐（Delphi）神諭——認識你自己——的回應。井上靖的凝視，絕非徒然。準此而言，我們可不可以說，所有的小說，或多或少，都是「私小說」？

「私小說」不只是曝露或自我揭露。誰沒有祕密？你的命運與我何干？昭和文豪井上靖以此作向我們雄辯地演示了，唯有以冷靜的凝視之眼，揭開「不可知」的封印，穿過遺忘的荒煙蔓草，直探生之祕境，才是「私小說」的神髓。

然而更讓人掩卷低迴的是，這個以纖細的感性從事懷舊、悼亡的作者，言笑晏晏恍如昨日，如今也早已移身他界，成為不歸之人久矣。很快的，此刻做為觀看者、聆聽者的我們，不就像執筆當下的作者一樣，坐在一班正開始加速的時間列車上，而前方已經隱約浮現終站的燈火。

倒數計時，準備下車。

木曜文庫02

我的母親手記

わが母の記

作著／井上靖

譯者／吳繼文

社　　長／陳蕙慧
副總編輯／戴偉傑
責任編輯／連翠茉、王淑儀（新版）
讀書共和國出版集團社長／郭重興
發行人兼出版總監／曾大福
出　　版／木馬文化事業股份有限公司
發　　行／遠足文化事業股份有限公司
地址／231新北市新店區民權路108-4號8樓
電話／（02）22181417　傳真：（02）8667-1891
Email：service@bookrep.com.tw
郵撥帳號／19588272木馬文化事業股份有限公司
客服專線／0800221029
法律顧問／華洋國際專利商標事務所　蘇文生律師
內頁排版／中原造像股份有限公司
印　　刷／中原造像股份有限公司
二版一刷／二〇一九年十二月
定　　價／二八〇元
ISBN　978-986-359-747-6

國家圖書館出版品預行編目資料

我的母親手記 / 井上靖作 ; 吳繼文譯 . -- 初版 . -- 新北市 : 木馬文化出版 : 遠足文化發行 , 2019.12
面 ;　公分 . --（木曜文庫 ; 2）
譯自 : わが母の記
ISBN 978-986-359-747-6（平裝）
861.57　　108018853